JN037072

夜ごとの才女

怪異名所巡り11

赤川次郎

集英社文庫

イラスト／南Q太
デザイン／小林満

目次

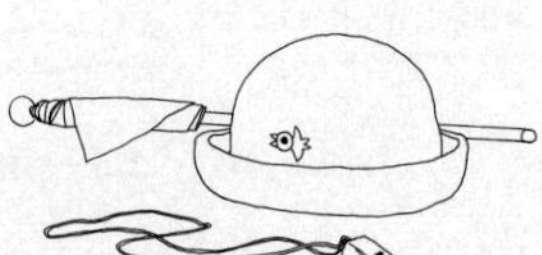

夜ごとの才女

怪異名所巡り11

あの夜は帰ってこない

1　人物

「申し訳ありません！」

そのウェイトレスは、床に正座して、深々と頭を下げた。

「そんなことしたって、この傷が治るわけじゃないのよ！」

鋭い矢のような声が、ウェイトレスの頭上から降り注いだ。

「本当に申し訳ありません」

ウェイトレスは涙でぐしゃぐしゃになった顔で、くり返した。

「それしか言うことはないの！　大体、お客を大切に思ってないから、ボーッとして歩いてるのよ！」

ホテルのラウンジに、その女性の声は響き渡っていた。

席は半分ほど埋っていたが、もちろん今はその光景に全員の目が向けられていた。

羽根飾りの付いた派手な衣裳《いしょう》の女性はピアニストで、夜、このホテルの最上階のクラブで演奏することになっていた。

その打合せで、ラウンジへ来て、軽くサンドイッチでも食べておこうということになったのだが——。

「お前なんかがいくら謝ったってしようがない。支配人を呼べ！」

一緒になって怒鳴っているのは、そのピアニストのマネージャーの男性だった。

床には、サンドイッチが散らばって、皿が割れ、コーヒーがカーペットにしみ込んでいる。

サンドイッチを運んで来たウェイトレスが、急に席を立った他の客をよけようとしたのがきっかけだった。

いつもなら椅子のない場所に、一つ席を増やして使っていた。その椅子にぶつかってよろけたウェイトレスの手から、盆が滑り落ちた。

サンドイッチにもナイフとフォークを添えることになっていて、そのナイフが、ピアニストの女性の手首を傷つけてしまったのである。もちろん、デザート用のナイフなので傷はわずかなものだが、それでも白い衣裳に血が飛んで、大変なことになったのは確かだった。

「私の手はね、あんたなんかと違って、デリケートなのよ！　演奏に差し支えるようなことがあったら、どうしてくれるの！」

眺めている誰しも、「そこまで怒らなくても……」と思っていたが、口を挟む気にはなれないようだ。

　すると――。

「失礼ですが」

　と、一人の紳士がそのテーブルのそばに立った。

「何よ」

　と、ピアニストの女性はジロッと見上げて、「余計な口出しは――」

「お怒りは分りますが、音楽を愛する人間として、人を許すということも必要ではありませんか？」

　白髪の、おそらく七十を過ぎているその紳士は穏やかに言った。

「大きなお世話よ。関係ないくせに、お節介はやめて！」

　すると、マネージャーの男性が青くなった。

「あの――那須《なす》先生でいらっしゃいますね」

　と、立ち上って、「ご心配をおかけして申し訳ありません」

「あなた――」

「ピアニストの那須広吉《ひろよし》先生ですよ！」

　クラシックのピアニストの世界で、日本を代表する人物だったのだ。

「まあ……。そんな方とは……。失礼しました！」

「いやいや。――同業の者として、つい口を出してしまいました。お許しを」

「とんでもない！　あの――大したことじゃないので」

と、冷や汗をかいている。

「君」

と、那須広吉は、しゃくり上げているウェイトレスへ、「他のお客が踏んで滑ったりすると大変だ。すぐ床を片付けて。そして、こちらの方の傷の手当と、衣裳のしみ抜きをしなさい。お詫《わ》びはその後で」

「は、はい！」

と、ウェイトレスは立ち上った。

他のウェイトレスもやって来て、片付けにかかる。

「では、失礼」

と、一礼して、那須は奥のテーブルへ戻って行った。

そのテーブルにいたのは、〈すずめバス〉のバスガイド、町田藍《まちだあい》だった。

「席を外して失礼」

と、那須が言った。

「いいえ。ご立派でした」

と、町田藍は言った。

「いや、みっともないところを……。本当は誰だか分らないままだったら良かったのですがね」

「あのウェイトレスは、那須さんのことを一生忘れませんよ」

「少しは役に立ちませんとね」

「ピアニストとして、大勢の人を感動させていらっしゃいます」

「どうでしょうか……。ともかくお話を」

「はい。バスを一台貸し切りということで。ありがとうございます」

藍はビジネスバッグからファイルを取り出し、「ここにお見積りを持って来ました。特に何かご希望はおありですか？」

「希望は一つだけです」

「といいますと？」

「町田藍さん。あなたに添乗していただくことです」

「はあ……。もちろん、私でよろしければ……」

「ぜひ、あなたで」

「何か――理由がおありですか」

「お察しではありませんか」

と、那須は言った。

「もしかして、幽霊が出そう、ということでしょうか」

「それに近い話です」

弱小バス会社〈すずめバス〉の一番の売りが、〈幽霊と話のできるバスガイド〉町田藍である。

「ですが、那須さん。私も、霊媒ではありません。いつもご希望の方とお会いできるとは限らないのですが」

「もちろん、承知です」

と、那須は肯《うなず》いた。「これは慰霊の旅なんです。ある女性のための……」

「そうですか」

と、藍は肯いて、「事情は伺わなくても結構ですが――」

「あら、ちゃんと聞いとかなくちゃ！」

と、明るい声がした。

振り向いて、藍がびっくりする。

「真由美《まゆみ》ちゃん！」

〈すずめバス〉の常連客で、藍の大ファンの女子高校生、遠藤《えんどう》真由美だったのである。

「どうしてここに？」

「だって、私が那須先生に紹介したんだもの、藍さんのこと」

と、ちゃっかり同じテーブルについて、「私、お腹空《なか》いてるの！　サンドイッチ、食べていい？」

「もちろんさ」

と、那須が微笑《ほほえ》む。

「那須先生って……」

「私、ピアノを那須先生に習ってるの」

と、真由美は言った。

「まあ、それはぜいたくね」

「そりゃそうよ。お月謝、凄《すご》く高いんだもの」

真由美の言葉に、那須は笑って、

「確かに。真由美君のお宅でいただくレッスン料で、大いに助かってるよ」

「その割に、上達しない、でしょ？　仕方ないわよ。本気でやってないんだもの」

あけっ広げな真由美には、誰もかなわない。

サンドイッチが二皿来て、藍もひと切れつまんだ。

遠藤真由美の家は金持なのだ。しかし、どういうわけか、幽霊や心霊現象が大好きで、〈すずめバス〉が「ドル箱企画」としている、町田藍と行く〈幽霊と出会うツアー〉に、必ず参加している。

「——月謝もありがたいが、それだけが真由美君を教えている理由ではないのですよ」

と、那須も少しサンドイッチをつまんで言った。

それはそうだろう、と藍は思った。那須ほどのピアニストなら、生徒を取る必要はないはずだ。

「じゃ、私が可愛《かわい》いからだ」

と、真由美が言うと、

「その通り」

と、那須が肯いたので、真由美の方がびっくりして、

「先生、まさか私を誘惑しようって……」

「いやいや、そういうわけではないよ」

と、那須は笑って、「昔知っていた女性と、真由美君がよく似ているのでね」

「なんだ。その人の代理か」

「真由美ちゃん」

と、藍がたしなめるように、「思い出の中の人は大切なのよ」

「それは分るわ。私だって」

「真由美ちゃんに、まだ『思い出の人』はいないでしょ」

「あ、分ってない、藍さん」

と、真由美は言った。「私、幼稚園のときの彼氏が忘れられないの」

2　遠い記憶

「こんな所に行ってどうするんだ？」

と、〈すずめバス〉で人気の二枚目ドライバー、君原《きみはら》が言った。

「知らないわよ」

と、藍は言った。「ともかく、今日は一日貸し切りなんだから、那須さんに言われた通りにすればいいの」

バスは、那須の自宅へと向っていた。

午前十時集合。——客は五、六人ということだった。

確かに、君原が首をかしげるのも分らないではない。

那須が行先に指定したのは、バスで二時間ほどの小さな港町で、ネットで調べても、見て回るほどの場所はないようだった。

「もうじきだな」

と、君原は言った。「十時にはまだ二十分あるぜ」

「いいわよ。早いのはいくらでも」

立派な門構えのモダンな邸宅が見えて来た。

「あれか！　凄いな」

と、君原はちょっと口笛を吹いた。

門扉に楽譜の模様が浮き彫りになっている。

前にバスが停《とま》ると、門扉が静かに開いた。

バスを中へ乗り入れ、正面玄関の前につけた。

藍がバスから降りると、玄関のドアが開いて、

「藍さん！」

と、ジーンズ姿の真由美が出て来て手を振った。

「真由美ちゃん、どうしたの？」

「私、那須先生の付き添い」

と、真由美は言った。

「それって、『押しかけ付き添い』じゃないの？」

と、藍が苦笑する。

「いいの。先生も了解してくれてるもの。それに、私も行った方がいいわよ、絶対」

「どうして？」

「中へ入れば分る」

広々とした玄関ホールで、那須が待っていた。

「やあ、今日はよろしくお願いします」

と、那須が言った。「少し時間がある。中でお待ち下さい」

「いえ、バスガイドは、バスの前でお客様をお待ちしていませんと」

「大丈夫です。他の参加者はこの居間で集まることになっていますから」

言われてみれば、今日のツアーは誰が参加するのか、那須がまとめていて、〈すずめバス〉には連絡がなかった。

「それでは、お言葉に甘えて……」

藍は、バスに戻って君原に伝えてから、もう一度邸内に上った。

「――失礼いたします」

と、広い居間へ入って行くと、ソファに座っていた面々が一斉に藍を見た。

藍には、真由美が一緒の方がいいと言った意味がすぐに分った。

集まっているのは、かなりの高齢者ばかりなのだ。那須が若く見える。

「いつまで待つんだ？」

と、不機嫌そうな表情の男が言った。

見るからに横柄で、「自分は特別だ」と言いたげである。

どこかで見たような、と藍は思った。

「もしかして――元大臣の立花《たちばな》様では？」

藍の言葉を聞くと、明らかに得意げになって、

「そうだ。君は若いのに、よく分ったな」

おそらく、真由美が全く知らなかったのでむくれていたのだろう。

藍はこの手の客にはよく会うので、一瞬「政治家の立花様」と言いかけたが、思い直して「元大臣の」と言ったのである。立花が喜んだのは狙い通りだった。

立花はおそらく八十代の半ばになっているだろう。

もう一人、八十前後かと思える男が神経質そうに、出されたお茶を飲んでいた。藍にも見覚えがない。

「こちらは作家の小田原《おだわら》先生です」

と、那須が紹介した。

「〈すずめバス〉のガイド、町田藍と申します」

と、挨拶して、「あと何人……」

「分らないんですよ」

と、那須は言った。「声はかけたが、果して参加するものやら」

小田原務《つとむ》といったか。名前は聞いたことがあるが、何を書いたかは記憶にない。

どことなく生気に欠けた感じだったが、少なくとも幽霊ではない。

すると、玄関の方で声がして、スーツ姿の女性が居間へ入って来た。

那須がびっくりした様子で、

「貞代《さだよ》！　どうして……」

「地獄耳なのよ、記者は」

三十歳くらいだろうか、パッと華やかな印象の女性だ。

「那須の娘、貞代です」

と自己紹介して、「ご一緒させていただきます」

「私は呼んでいないぞ」

と、那須は言ったが、嬉《うれ》しそうではあった。「この一年、一度も顔を出さないで」

「仕方ないでしょ。忙しかったの。記者はいつも駆け回ってるのよ」

するると、元大臣の立花が、

「君は那須の娘か」

と、目を丸くして、「いつも俺にかみついて来て」

「記者として、当然のことをしているだけです」

と、貞代は平然として、「特に今日は本物の幽霊に会えるかもしれないんですものね。

――町田藍さんが来ている以上、何ごともなしには終りませんね」

「私をご存じですか」

「もちろん！　一度お会いしたかったんです！」

と、貞代は言った。「政界には、幽霊になって出てもおかしくない人が沢山いますもの。先生の身代りになって自殺した秘書さんとか」

そうだった。藍も憶《おぼ》えている。国産戦闘機の受注をめぐって、立花に〈黒い疑惑〉が——。

しかし、秘書の男性が罪をかぶる形の遺書を残して自殺して、すべては曖昧に終ってしまった。

「今さらそんな話を持ち出さんでくれ」

と、立花は仏頂面になった。

「でも、もし今日のツアーで、死んだ秘書の生田《いくた》さんの幽霊が出たら、話が聞けます。何しろ、町田藍さんがいるんですもの」

「あの——私をあまり買いかぶらないで下さい。いつも幽霊と会えるわけではないので」

と、藍は言った。

「どうも他には来そうにないな」

と、那須が言った。「そろそろ時間だ。では、参りましょうか」

立花も小田原も、気のすすまない様子ではあったが、ソファから立ち上って、玄関へ出て行った。

すると、門の方でタクシーが停って、降りて来たのは、えらく派手な赤いブレザーを着た男で――。

「遅れまして！」

と、駆けて来た。「ちょっとステージがあったもので」

「これはどうも」

と那須が言った。「お元気そうで」

「いや、ちっとも。七十になりましたよ、私も」

「あの――歌手の中林《なかばやし》さん？」

と、藍が訊《き》くと、

「そうです！　憶えていて下さいましたか！」

と、嬉しそうに言って藍と握手した。

「何か歌ってたのか？」

と、立花が言った。「一向に聞かんが」

「いや、ドサ回りに近いですよ。一曲だけ、〈女の残したタバコの香り〉という演歌がヒットしまして、ＴＶにも何度か出たんですが後はさっぱりで」

「その悪趣味な服はステージ衣裳か？」

「いえ、これは普段着です。ステージではもっと派手なものを着ます」

藍はとりあえず、

「では、皆様、バスへどうぞ」

と言った。

広いバスだ。みんなバラバラに座った。

「では出発いたします」

という藍の言葉で、バスが走り出す。

——しかし、ピアニスト、政治家、作家、記者、演歌歌手……。

どういうグループなのだろう？

さすがの藍にも、全く見当がつかない。

「私、君原さんのそばに座ろう」

と、真由美が一番前の席に落ちついて、「君原さん、恋人できた？」

君原の運転するバスは、高速を下りて、順調に進んでいた。

「この分だと十二時より大分早く着くな」

と、君原が町田藍に言った。

「あと二十分くらい？　分ったわ。那須さんとお話ししてくる」

藍はバスの後方に座っていた那須広吉の方へと、バスの通路を歩いて行った。

元大臣の立花修《おさむ》、作家の小田原務、そして演歌歌手の中林竜《りゅう》の三人は、年齢のせいもあるだろうが、口を半ば開けて、眠り込んでいた。

これから行く、小さな港町で、果して何が彼らを待っているのだろう。

「那須様」

藍が那須広吉に、予定より早く到着しそうだと告げると、

「そうですか。――たぶん目的地には、昼食をとるような所はほとんどないでしょう。手前にどこか食事のできる所があれば、そこで早めの昼食をとりましょう」

と、那須は言った。

「かしこまりました」

藍は君原に伝えて、ファミレスのような場所ならありそうだと分った。

「じゃ、その近くで、皆さんを起しましょう」

「分った」

藍が、定位置の席に腰かけていると、

「――町田さん」

那須の娘、貞代がそばへやって来た。「ちょっといいですか？」

「ええ、もちろん」

藍は肯いて、「何かお話しになりたいことがおありなのですね」

「分ります？　やっぱり霊感ですか」

「そんなものじゃありません。少し前から、こちらをチラチラ覗《のぞ》いておいででしたから」

「目がいいんですね」

と、貞代は笑って、「——これから行く所ご存じ？」

「〈憩港《いこいこう》〉という町ですね。どういう所か残念ながら……」

「分ります。一時は魚の商《あきな》いでずいぶん儲《もう》かったようですが、今はさびれて、漁に出る漁船もほとんどないらしいです」

「お父様はどうしてその港町へ？」

「私もよく知らないんです」

と、貞代は言った。「ただ、三十年くらい前ですが、〈憩港〉で、ある事件が起っています」

「どんなことです？」

「人質を取って、立てこもった逃亡犯がいたんです」

「そんなことが……。お父様と何か係《かかわ》りが？」

「分りません。とてもふしぎな事件だったんです」

と、貞代は言った。「逃げていたのは、丸山和七《まるやまかずしち》という男で、強盗殺人の罪で逮捕されたのですが、護送中に列車から逃走して、あの〈憩港〉に逃げ込んだのです。もちろん、警察は丸山を追って来ました。丸山は、刑事から奪った拳銃を持っていて、港近くの旅館に侵入し、そこの客を人質に、立てこもったんです」

「それで……」

「夜になって、丸山は地元の若い女性を人質に、旅館から出て来ました。銃口を彼女の首に押し当てて……」

「――警察が発砲したんですね」

「ええ。よく分りますね」

「ただの想像です」

「ベテランの狙撃手が、丸山を仕止めてやると言って……。でも、弾丸は女性の肩に当り丸山はそのとき、弾みで引金を引いたのです。――加藤安奈《かとうあんな》というのがその女性の名ですが、首を撃たれて亡くなりました」

「気の毒に……」

「しかも、焦った狙撃手は丸山を撃つことができなかったのです。丸山は駆け出して、海へ飛び込みました。そして……それきり発見されなかったのです」

「じゃ、死んだか生きているかも分らずに……」

「そうなんです。でも、この事件の話は、ほとんど全国的には知られることなく、伏せられていました」

「警察の失敗ですものね」

「ええ。しかも、ベテランのはずだった狙撃手の警官は、実は現場経験がなく新人同様でした」

「最悪ですね」

「その事件が、今度のツアーと関係あるかどうか分りません。でも……」

と、貞代が言葉をにごした。

そのとき、君原が、

「おい、レストランがある。あそこでいいか？」

と言った。

3 写真

レストランといっても、普通の家を少し広くしたくらいなので、突然やって来たバスツアーの客に藍と君原を加えると八人ものお客に対応するのは大変だろう。

「いらっしゃいませ」

と、エプロンを着けた白髪の老婦人が出て来て、「主人と二人だけでやっておりますので、ご満足いただけるかどうか……」

「客が来てるんだ。喜べばよかろう」

と、立花が早くも椅子にかける。

「いや、突然で申し訳ない」

と、那須が穏やかに言った。

藍が進み出て、

「私とドライバーは出していただかなくても構いません。お客様の六人の方々には何とか……」

と言った。

レストランに入って来ていた君原がそれを聞いて、情ない顔になった。

「もし、皆様カレーライスでよろしければ」

と、老婦人が言った。

「いいですとも」

と、那須が即座に言った。「皆さん、よろしいですね」

誰からも異議は出なかった。そして、藍と君原も一緒に食べられることになったのである。

「助かった……」

客たちと別の席について、君原が実感のこもった声を出した。

「私もこっち、と」

真由美が、藍たちのテーブルにやって来る。

「仕度に少しかかりますので、お待ち下さい」

と、やはり白髪の主人が言った。

二人とも、おそらく八十近いだろうと思われた。

「スープを先にお出ししましょうね」

と、老婦人が言った。

「真由美ちゃん」

と、藍が促して、「お手伝いする?」

「いいね!」

二人は、奥へ入って行くと、

「お手伝いさせて下さい」

と、声をかけた。

「まあ、そんな……。助かりますわ。何しろ年齢《とし》ですから、急ぐということができないので」

「お任せ下さい。――真由美ちゃん、手を洗おう」

藍と真由美は、スープ皿を出して、冷蔵庫に入っていたボウルからスープを鍋にあけ、温めた。

「運ぶよ」

と、君原もやって来て、スープを客たちに運んだ。

「――うん、いい味だ」

と、スープを飲んで、那須が言った。

その内、店の中にカレーの匂いが漂って来た。

「お腹、鳴ってる」

と、真由美が言った。

「座ってて」

藍がスープ皿を下げ始めると、真由美も立って来て手伝った。

「――お待たせいたしました」

カレーライスが運ばれて来る。

「やあ、旨そうだ！」

と、歌手の中林が言った。「地方を回るときはよくカレーを食べますが、こんなに旨そうな匂いはしない」

「カレーはカレーだ」

と、不機嫌そうなのは元大臣の立花だ。

「どうも……」

最後に藍と君原の前にカレーが置かれる。

君原はアッという間に半分近くも食べてしまったが、ひと息つくと、さすがに客の目を気にしてか、ゆっくり食べ始めた。

「――これはおいしい」

と言ったのは作家の小田原だった。

「本当に」

と、那須貞代が肯いて、「ね、お父さん」

「うん……」

那須は、娘の言葉に肯いたが、何か考え込んで、一口ずつ、ゆっくりと口に運んだ。

「確かに旨い」

立花もさすがに言った。

やがて誰もがひたすら無言でカレーライスを食べるようになったが……。

「これは……」

と、那須は言った。「ただのカレーじゃない気がする」

「お父さん、何よ、それって」

と、貞代が笑ったが、那須は笑わなかった。

「この味に憶えがある」

と、那須が言うと、中林が、

「私もそう思っていたところなんです！」

と言った。「この味！　どこかで食べたことがあるような気がしてなりませんが」

「そう思われますか」

と、那須が言った。

「ええ。誰かに、どこかで……」

と、中林が言った。

「恐れ入ります」

と、老婦人がニコニコしながら言った。

「この味は、誰かから教わったのですか？」

と、那須が訊く。

「とんでもない。娘がカレーが好きだったので、よくこしらえたせいでしょうか……」

「娘さんがいらっしゃるんですね」

と、藍が言った。

「ええ……」

老婦人は少し間《ま》を置いて、「もう大分前に亡くなりましたが」

「そうですか。すみません」

「いえ、とんでもない」

全員がカレーを食べ終えるのに、大してかからなかった。

「――では出かけましょうか」

と、那須が立ち上って、「ちょっとお手洗をお借りしても……」

「はい、その奥でございます」

那須はじき戻って来ると、

「支払いを」

と言った。「ここは私が払っておきます」

「ありがとうございます」

と、老婦人はレジの所に行って、「こんな店ですので、カードが使えませんの。申し訳ありませんが」

「大丈夫です。では、現金で……」

那須が札入れを取り出した。

レジのカウンターに、写真が一枚、写真立てに入れて置かれていた。

那須はおつりをもらいながら、

「この写真の方がお嬢さんですか」

と訊いた。

「ええ、そうなんです」

と、老婦人は肯いて、「娘と私で。私もずいぶん若いでしょう」

と微笑む。

「そうですね……。あ、レシートは不要です」

「でも、那須さん」

と、藍がそばで言った。「後で皆さんにお支払いいただくときに――」

「いや、ここは私が持ちます」

と、那須は言って、「ごちそうさまでした」

と、頭を下げた。

君原は先にバスに乗り込んでいる。

藍は、客たちを乗せると、

「あと二十分はかからないと思います」

バスが動き出した。

藍は、レストランの入口に、あの白髪の老婦人が立って見送っているのに気付いた。

藍が静かに頭を下げる。――老婦人の方も深々と頭を下げた。

「――お父さん、大丈夫？」

と、那須貞代が言った。「顔色が……」

「いや、何ともない」

と、那須は言った。「しかし——おいしいカレーだったな」

「うん……」

藍は、遠ざかって行くレストランをずっと見ていた。

あの写真は、なぜか「母と娘」の二人だけだった。

古い色あせた写真。普通なら、父親も入った、三人の写真を飾るだろうが。

バスが少しスピードを上げた。

藍は、那須が窓の外へ目をやって、

「何てことだ……」

と呟《つぶや》くのを聞いた。

4　あの夜は

「まさか」

と言ったのは、那須貞代だった。

「どうしたんですか？」

と、真由美が訊いた。

バスは〈憩港〉に着いた。

ポツンと小さな漁船が一隻目につくだけで、昼間だというのに人っ子一人いない。

港はおそらくもうほとんど使われていないのだろう。

家が何軒か並んでいるのは、港から少し離れた高台で、それも見たところ半分近くは空家になっているようだ。

人の声も聞こえて来ない。

「──ここに何しに来たんだ？」

と、客が降りた後、君原が首をかしげたのも当然かもしれない。

客たちは、バスを降りると、思い思いにその辺を歩いていた。

「貞代さん」

と、藍が言った。「あの建物は……」

「ええ。──例の人質事件が起きた旅館です」

と、貞代が言った。「まだ残っていたなんて……」

港の隅の方に、その木造二階建の旅館は辛うじて建っていた。

もちろん、今は一軒の空家に過ぎない。

看板はすっかり文字が消えて読めなくなっており、窓のガラスは割れ、雨戸も半分は外れて落ちてしまっている。

「でも、もう使ってないでしょ」

と、真由美が言った。

「もちろん。たぶん取り壊すのにもお金がかかるから放ってあるんでしょうね」

と、貞代は言った。

「それで、これから何を……」

と、藍が言いかけると、

「皆さん！」

と、那須が他の面々に呼びかけた。「こちらへ集まって下さい」

歌手の中林はすぐに小走りにやって来た。続いて、作家の小田原。元大臣の立花は渋々という様子で、のっそりとやって来る。

「お忘れではないでしょう」

と、那須は言った。「この、今は壊れかけたこの旅館で、三十年前に起ったことを」

貞代が思わず、

「お父さん、あの人質事件に……」

と言いかけて、黙った。

「忘れはせん」

と、立花は言った。「しかし、今さらあんな昔のことをむし返して、どうしようというのかね？」

「私たちは、あの出来事を本当の意味で乗り越えてはいません」

と、那須は言った。「それにはあのとき亡くなった女性――加藤安奈さんを心から追悼することから始めなくてはなりません」

「それは分るが――」

と、小田原が言った。「しかし、彼女の死は我々のせいではないでしょう」

「直接的にはそうです。しかし、間接的には……。私たちにも罪はある」

「〈罪〉は大げさだろう」

と、立花は不服げに、「少なくとも法律的な罪はおかしていないぞ」

「ともかく、中へ入りましょう」

那須は藍の方を見て、「町田さん、一緒に中へ入ってもらえますか？」

と訊いた。

「もちろんです」

藍は、真由美の方へ、「真由美ちゃんはここに残る……わけないよね」

「当り前でしょ。私は、那須先生の付き添いで、藍さんの相棒。行かないわけには」

「分ったわ。でも、入口の近くにいてね。いつでも外へ飛び出せるように」

まず、玄関の戸を開けるのがひと苦労だった。見かねた君原が駆けつけて来て、力任せにこじ開けた。

板を釘《くぎ》で打ちつけてあったが、すっかり釘がさびて、簡単に手で取り外せた。

「私が先に」

藍を先頭に、旅館の中へと入って行く。

中は食堂になっていた。——テーブルと椅子はそのままだ。

「二階が客室になっていたのね」

と、貞代が言った。

一階は食堂で、旅館に泊る人も、そうでない人も食べられたのだろう。

「——ああ、こうだった」

と、中林が入って来て、中を見回した。

「意外ときれいだ」

と、小田原が言った。「もっと埃《ほこり》がつもっているかと思ってた」

「そう。ここに座って、みんなでカレーを食べて——」

と言いかけて、中林がハッとした。「そうか！　思い出した。さっきのカレーの味は……」

「ああ、そういえば……」

と、小田原も肯いて、「ということは、あの店の奥さんが言っていた娘というのが……」

「加藤安奈さんです」

と、那須は言った。「レジの所の写真に気付きませんでしたか？」

「カレーの味など、どこでも似たようなものだろう」

と、立花は肩をすくめた。

「那須さん」

と、藍が言った。「ここで何があったんですか？」

「娘から聞いたでしょう。逃亡犯が、拳銃を手にここへ逃げ込んで来た」

「ええ。そのとき、ここにおられたんですね。皆さん、全員が」

「他にも何人かいた」

と、立花が言った。「我々だけじゃない」

「突然のことでした」

と、那須が言った。「しかし、その前に、あることが……」

二階から聞こえたのは、明らかに女性の悲鳴だった。

食堂へ入って来た那須は、びっくりして足を止めた。

階段をダダッと駆け下りて来たのは、若い女だった。しかし――浴衣《ゆかた》だけしか身にまとっておらず、胸がはだけている。

床へ倒れ込むと、

「勘弁して下さい！」

と、泣きながら訴えた。「お願いです！」

「おい、何言ってんだ！」

と、階段を下りて来た男が怒鳴った。「ちゃんと金を払ったんだぞ！　今さらいやだなんて」

「お金はお返しします！　ですから許して！」

「ふざけるな！　一旦金を出して買ったんだ。俺がどうしようと俺の自由だ！」

男は女の手をつかんで引張った。

「待って！　お願いです！」

「ちょっと待ちなさい」

と、那須が声をかけた。「いやがってるじゃないか。そんな乱暴を――」

「放っといてくれ！　こいつは金で体を売ってる女だ。よその人間がとやかく言うことじゃねえ」

「私……知らなかったんです！　ここのご主人に言われて。お酒の相手をするだけだと……」

「そんなことで金を払う奴《やつ》があるか！　俺をなめてやがるな」

男が平手で女を打った。

「やめたまえ！」

那須はたまりかねて、駆け寄った。


「私はその男に、払ったという金額の倍を渡して、娘さんを助けてやりました」

と、那須は言った。「ただ、現金をそう持ち合せていなかったので、そのときこの食堂にいた人たちにも少しずつ出してもらったのです」

「その女の人が――」

「安奈さんでした。服を着て下りて来ると、私たちに礼を言って。――父親はおらず、母親もけがをしていて、この旅館の主人に『金になるから』と言われていたと。むろん、世間知らずではあったでしょうが」

「それで、お礼に、と……」

と、中林が言った。

「何もできませんけど、カレーを作らせて下さい」

と、その娘は言った。「おいしいカレーを作るのには自信があるんです！」

居合せた人々は、

「じゃ、食べてみようか」

と、笑って言った。

安奈は台所に入ると、張り切ってカレーをこしらえた。三十分ほどで出来上ったカレーは、本当においしかった。

「こいつは旨い！　金を出した分はこれで充分だ」

と、立花が言ったほどだった。

安奈も、幸せそうに笑顔を見せた。——那須は、彼女を救って良かった、と思った。

そしてカレーを食べ終えて、片付けようとしたとき、突然戸が開いて、

「みんな動くな！」

と、目を血走らせた男が、拳銃を手に飛び込んで来たのだ。

「男は私たちを人質に立てこもりました」

と、那須は言った。「外には警察がいて、出て来いと呼びかけている。逃げ道はありませんでした……」

「確か丸山っていったわね、あの犯人」

と、貞代が言った。

「うん。しかし、その名前を聞いたのは、すべてが終った後だった」

「そこで何があったんですか？」

と、藍は訊いた。

「安奈さんは、残ったカレーを丸山に食べさせた。丸山も、少し落ちついたが――」


「二度と捕まらねえぞ」

と、拳銃を手に、丸山はみんなを見渡して、「ここを出て、逃げてやる」

「外には警察が待ってるぞ。諦めたらどうだ」

と言ったのは小田原だった。

「やかましい！　人質がいれば撃って来ないさ」

と、丸山は言った。「もう夜だ。暗いしな外は。――よし、誰か一人、一緒に来てもらうぞ。誰がいい？」

銃口が、一人一人へ向く。

誰もが目を伏せた。いくら人質といっても、どんなことで撃たれるか分らない。

「おい、どうなんだ？」

と言って、丸山は愉快そうに笑った。「情ねえな。自分が人質になると言い出す奴はいねえのか」

丸山は銃口を立花へ向けて、

「年齢からいったらお前が一番上か」

「待て！　俺は……政治家だ。国民のために尽くしてる。今死んだら、手がけてる仕事がやりとげられない！」

「へえ、お偉いさんか。お前は何だ？」

「小田原務。作家だ。読者が私の書くものを待ってくれてる」

「俺は待ってないけどな」

と、丸山は言った。「他の奴はどうなんだ？　一人いりゃいい。二人は連れていけねえからな」

そのときだった。安奈が進み出て、

「私が人質になります」

と言ったのである。

「お前が？　カレーの礼に、お前は見逃してやろうと思ってたけどな」

「私でよければ……」

安奈は青ざめていたが、しっかりした口調だった。

「俺は構わねえが、いいのか、おい？　男どもは、こんな娘を危い目にあわせて平気なのか？」

丸山は嘲笑《あざわら》った。

私を人質にしろ！　――那須はそう言おうとした。

そうだ。この娘を連れて行かせるなんて、そんなひどいことを――。

「いいんです」

と、安奈は言った。「さっき、私はこの方たちに救ってもらったんですから」

「よし、じゃ、行くか」

だめだ！　そんな卑怯《ひきよう》な真似《まね》は……。

那須は立ち上ろうとした。しかし――自分にはピアノがある。キャリアはこれからだ。もし、人質になって、けがでもしたら。そうだ、もし指をけがして、ピアノが弾けなくなったら……。

言いわけを探していた。その間に、丸山は安奈の首に銃口を押し当てて、

「今、出て行くぞ！」

と怒鳴った。「人質を連れてる！　手を出すと殺すぞ！」

二人が出て行くと、客たちは沈黙したままじっとしていた。――これで無事に終る。

そうだ。人質がいるのだから、警察も手を出さないだろう……。

そう自分に言い聞かせたとき、外で銃声がした。

「結局……」

と、那須は言った。「みんな思ったんですよ。自分の命の方が、名もない娘の命より大切だと」

「人間なら、みんなそうさ」

と、立花が言った。

「いや、安奈さんは自ら進んで人質になったんですよ」

と、那須は首を振って、「私たちは、安奈さんに借りがある」

「――ね、この匂い」

と、真由美が言った。「カレーの匂いじゃない?」

「本当だわ」

藍は、今はただ暗いだけの台所から流れてくるカレーの匂いに、初めて「この世でないところ」からの空気を感じた。

「町田さん……」

と、那須が言った。「これは……」

「安奈さんからの言葉ですよ」

と、藍は言った。「恨みでも怒りでもない、懐しさの気持です」

那須が目を閉じると、

「あの夜に戻れたら……」

と、呟くように言った。「許してくれ……」


帰りのバスで、貞代が藍に言った。

「思い出したんだけど」

「何ですか？」

「安奈さんの父親は事件のずっと前に亡くなっていたはずですよ。記事にそうありました」

「でも、あのお店に……」

と、真由美が言った。

「そうですね」

藍は肯いて、「もしかしたら……。海へ飛び込んだ丸山は見付からなかったでしょう」

「――まさか」

「でも、丸山もカレーを食べたんですよね」

と、藍は言った。「後になって、丸山が恩返しにあの店に行ったのかもしれませんね」

すると、

「おい！」

と、立花が声を上げた。「あの店じゃないのか？」

バスがスピードを落とした。

みんなが昼食を食べた、あのレストランは、ドアも窓も板でふさがれて、屋根も崩れかけた廃屋と化していた。

「停めますか？」

と、藍が訊く。

「いや……。このまま行きましょう」

と、那須は言った。

「分りました」

バスが再びスピードを上げた。

「ねえ、藍さん」

と、真由美が言った。

「なあに？」

「あそこで食べたカレーも幽霊だったのかなあ」

劇場の幽霊

1　伝説

「まさか」

と、男は笑った。

しかし、その笑いはどこか無理のあるものだった。

男はほとんど空になっていたビールのジョッキを持ち上げて、わずかに残ったビールを飲み干すと、

「そんなの伝説だろ」

と言った。「よくある〈都市伝説〉ってやつだろう?」

「——そう思う?」

女はジンジャーエールのグラスを手にして、「でも事実よ。私が自分で体験したことだもの」

「だけど……」

と言いかけて、男はその先、何を言うか考えていなかった、という様子で黙ってしま

った。

「本当のことなの」

と、女は言った。「〈劇場の幽霊〉って確かにいるのよ」

劇場の前まで来て、町田藍は足を止めた。

「ここでいいのよね……」

待ち合せの時間に、あと二分。

早く着いたので、藍は近くの喫茶店で時間をつぶしていた。五分前になったので、店を出て来たのである。

もちろん、少し待つぐらいは、どうということはない。

町田藍が時間に正確なのは、バスガイドという職業柄でもあるだろう。性格的にもそうだが。

でも、真由美ちゃんも、時間を守る人だけど……。

そして、実際、待ち合せ時間ちょうどに、

「藍さん！」

と、手を振りながら、遠藤真由美がやって来たのである。「――ごめん！　待った？」

「ちっとも」

と、藍は微笑《ほほえ》んで、「今日はご招待いただきまして」

と、頭を下げた。

「いやだ、やめてよ！」

と、真由美は言った。「来てもらって助かったんだもの。チケット一枚、むだになるところだった」

「でも、貴重なチケットでしょ。こんな話題の公演、チケットが取れないって評判よ」

「気にしない！　さ、入りましょ」

真由美はバッグからチケットを二枚取り出して、一枚を藍へ渡した。

開演三十分前で、開場したばかり。列を作っていた客たちが入り始めている。

藍と真由美も列に並んで、もちろんすぐに入ることができた。

藍は、一階の舞台正面、通路のすぐ後ろという、どう見ても〈招待席〉に、いささか気後れしながら座った。

「プログラムの引換券あるから、もらってくる」

と、真由美はロビーへ出て行った。

「――評論家用の席ね」

と、藍は呟《つぶや》いた。

遠藤真由美はお金持のお嬢様で、こういう席も、色々なつてで回ってくるのだろう。

それにしても――。十七歳の女子高校生が〈幽霊大好き〉人間で、藍をお姉さんのように慕っているのだ。

町田藍がバスガイドをしている〈すずめバス〉の「稼ぎ頭」が、藍の霊感に頼ったツアー。真由美はお得意様なのである。

しかし、いつもは学校帰りのセーラー服でツアーにやってくる真由美。今日は休日というので、洒落《しやれ》たワンピース。

「いかにもお嬢様ね……」

と、藍はプログラムを手に戻ってくる真由美を見て呟いた。

「――藍さん、このお芝居、知ってるの？」

と、プログラムを開きながら、真由美が訊《き》いた。

「見たことはないけど、ちょっと怖い話って聞いたわ」

「幽霊出てくる？」

「さあ、見なきゃ分らない」

と、藍は言って微笑んだ。「真由美ちゃんは好きね、幽霊が」

「うん。でも、藍さんのことは、幽霊と関係なく好きよ」

「ありがとう」

すでに客席は埋りつつあった。

今日の演目、〈罪なき女〉は、タイトルはよく知られているが、上演されることが少ないらしい。

決して華やかな舞台とは思えないのに、こうしてチケットが入手困難なほどの人気なのは、今回主役を演じる宮田清治《みやたせいじ》のためだった。

三十歳になったばかりと言われる宮田清治は、スラリと長身で、彫りの深い顔立ち。TVドラマや映画で、すでにスターの座にいる。

それでいて、宮田は、

「舞台が一番好きです」

と、あちこちで話していて、実際、年に二、三度は舞台に立つ。

それも、地味な芝居で、主役でなくても出演することがあり、演技者としても高く評価されていた。

藍も、宮田清治のことはTVで見ていたが、生の舞台を見るのは今日が初めてである。

真由美がプログラムを二部もらって来たので、藍はキャストのページをめくった。

「この女優……」

出演者のページにある写真を見て、「どこかで見たことあるみたい」

「え？」

真由美が覗《のぞ》き込んで、「ああ、阿久津芽衣《あくつめい》ね」

「まだ若いけど、上手《うま》いって評判。確か十八ぐらいじゃないかなあ」

「そう」

「TVドラマに出てるけど、まだ主役やるところまではいかないみたい。藍さん、TVで見たの？」

「そうかもしれないわね」

──しかし、藍は思い出していた。

真由美は気付いていないが、ひと月ほど前のツアーで、客として乗って来た女の子がいた。それがこの阿久津芽衣だったのである。

その夜のツアーでは、狙い通りに幽霊は出なかったが、その女の子は、一人で参加しており、マスクで顔を隠しているようだった。

バスの中でも、ずっと後ろの方の席に座って、他の客と話をする様子もなかった。

誰かしら、と思っていたのだったが……。

ツアーが終り、バスを降りる客に一人一人、

「ありがとうございました」

と、頭を下げていると、最後に降りて来たのがその女の子で、マスクを外して、

「ありがとうございました」

と、藍に礼を言って行ったのである。

間違いない、あの女の子だ。

しかし、有望な新人女優が、なぜ〈すずめバス〉のツアーに参加して来たのだろう？

何となく気になる……。

「あ、始まる」

と、真由美が言って、客席にブザーが鳴り渡った。


「本当のことを教えて！」

と、阿久津芽衣が――いや、役では〈マリア〉が、恋人役の宮田清治に迫っている。

「あなたは、本当に私の母を殺したの？」

と、〈マリア〉が訊くと、恋人は、

「違う！　いや……もちろん手は下さなかったが、もしかすると、殺したも同然かもしれない」

「それはどういう意味？」

「お前には話したくなかったが……。聞いてくれ」

と、力なくソファに腰をおろす。「お前のお母さんとは、互いにいつか夫婦になろうと誓っていた。しかし……」

ふと、藍は、舞台の上の方に、うっすらと白い霧のようなものが流れていることに気付いた。

そして、セリフ以外、ほとんど音楽がないこの劇としては珍しく、口笛のようなものが聞こえて来た。

それはどこか懐しげなメロディで、客席にもしみわたるようだった。

そのとき、藍は隣の席から、

「まあ……」

という声が洩《も》れるのを耳にした。

真由美と反対側の隣席には、白髪の、かなりの年輩の女性が座っていた。おそらく八十近いだろう。

一人で来ているらしく、プログラムは買わずに、一枚のこの公演のチラシだけを、何度も読み返していた。藍は、その老婦人が、開幕すると、ほとんど息をつめているかのように、一心に舞台を見つめていることに気付いていた。

何か、このお芝居に格別な思い入れがあるかのようで、キャストかスタッフの関係者かしら、と藍は思ったりした。

しかし、舞台が進むにつれ、藍もお芝居に引き込まれていき、いつしか隣席のことは忘れていた。そこへ——。

もの哀しい口笛のようなメロディが流れる。すると舞台上の役者の動きが、ピタリと止ってしまったのだ。そして、

「まあ……」

という老婦人の呟き。

客席が動揺した。舞台上の沈黙が、明らかに不自然だったからだ。

宮田が、セリフを忘れたかのように立ち尽くしている。相手役の若い芽衣は、当惑して動けずにいた。

プロンプターは？　一瞬、藍はそう思った。舞台袖には、役者がセリフを忘れたときのために、必ずプロンプターが控えている。

だが、今の沈黙は、ただ「セリフが出て来ない」というのとは違っている、と藍は思った。

それに、あの舞台の上の方の霧は、効果として流したものではない……。

「藍さん」

と、真由美が言った。「おかしくない？」

そのとき、突然、宮田が叫んだ。

「やめてくれ！　こんなことが――」

と言いかけて、宮田は倒れた。

「幕を下ろせ!」

と怒鳴る声がして、素早く幕が下りる。

客席は騒然とした。

そして、藍は、隣席の老婦人が立ち上ると、逃げるように出て行ってしまうのを、目で追っていた……。

2　過去

「申し訳ございません。——本当にどうも」

劇場の出口に立った主催者側の女性は、一人一人の客に頭を下げていた。

突然の公演中止。——全くないわけではないだろうが、珍しいことは確かだ。

ロビーでは、テーブルを出して、

「払い戻しをご希望の方は……」

と、呼びかけている。

客は、その場での払い戻しか、他日公演への振り替えを選ぶことになった。

まあ、藍はもともと代金を払っていないのだが——。

ロビーへ出たところで、

「藍さん、ちょっと待っててくれる？」

と、真由美はどこかへ行ってしまった。

戻ってくるのを待っていると、

「――藍さん！」

真由美と一緒に来たのは、何と舞台に出ていた少女、阿久津芽衣だった。

「阿久津さんは、私の高校の先輩なの」

と、真由美は言った。「演劇部で、そりゃあ目立っててね、在学中からプロになったの」

「へえ……」

「芽衣さん、こちらが有名な〈幽霊と話のできるバスガイド〉の町田藍さん！」

「ちょっと……」

結局こういうことになるのか……。

タダでもらったチケットだったが、

「タダより高いものはない」

と、思わず呟いたのだった。

「いや、お恥ずかしい話です」

と、宮田は肩を落として、「役者として失格だと言われたら、何とも弁解できませんね」

楽屋は静かだった。

いつもなら、終演後に挨拶に来る人が列を作るのに、今日は誰もが目も合せない様子。

「――それじゃ、あの口笛のメロディは、演出じゃなかったんですか？」

と、藍は訊いた。

「あの場面に音楽はないはずでした」

と、宮田は言った。

「じゃ、どうして――」

と、芽衣が言った。「宮田さん、あのメロディについて何か知ってるんですか？」

「ああ」

と、宮田は肯いた。「あれは死者の恨みなんだよ」

「え？」

と、芽衣が目を丸くして、「それじゃ、いつか九鬼《くき》先生が言ってたこと、本当なんですね」

「九鬼先生って？」

と、藍が言った。

「九鬼靖《やすし》。この舞台の演出家です」

と、芽衣が言うと、

「俺の名前が出てるか？」

ドアが開いて、ジャケットをはおった中年男が顔を出した。

「九鬼さん。申し訳ない」

と、宮田が言った。

「いや、まあ……。あんなことで演技を中断するのは困るけどな」

と、九鬼という男は言ったが、そう怒っている風ではなかった。

藍は、

「一つ伺っても？」

と、九鬼の方を向いて言った。

「何でしょう？」

「あの口笛のメロディが聞こえたとき、舞台の上の方で、霧のようなものが流れていましたが、あれは演出の一部ですか？」

九鬼は当惑したように、

「そんなものが？　いや、俺は二人の芝居の方ばかり見ていたのでね」

「では、効果として流したわけではないのですね」

「ええ、何もしていませんよ」

と、九鬼は言った。

「やっぱり藍さんの力だよ！」

と、真由美が言った。

「どういうことだ？」

わけの分らない様子の九鬼に、真由美が、「かの有名なバスガイド、町田藍」について、ややオーバーな表現で説明した。

「――ほう！　ではあの口笛の謎も解いてもらえるのかな」

「待って下さい」

と、藍は言った。「私は探偵じゃありません。それに――」

と、みんなの顔を見渡し、

「幽霊に関心のある人は、真由美ちゃんだけじゃないようですしね」

そう言って、阿久津芽衣の方へ、

「先日、〈すずめバス〉のツアーへおいでになりましたね」

と言った。

「お分りでした？」

「ずっとマスクをされていましたけど、バスを降りられるときに外して」

「ええ。最後ぐらいはちゃんとご挨拶しないと失礼な気がして」

「え？　それじゃ、もしかして私と一緒のツアーに？」

と、真由美は言った。

「真由美ちゃんから、町田藍さんのことを聞いていたので、どんな方だろうと思って。でも、真由美ちゃんに気付かれたくないんで、ずっとマスクをしてたの」

「何だ！　声かけてくれりゃ良かったのに」

と、真由美は言った。

「でもね、真由美ちゃんも何か隠してるわね」

と、藍は言った。「私がプログラムで芽衣さんのことを見てたとき、あなた、直接知ってるって言わなかったわ」

「あ、ばれてたか」

と、真由美がちょっと舌を出して、「私たちのチケット、芽衣さんから買ってたから。藍さんに分ると気にするでしょ」

「ちょっと。大人にそういう気のつかい方をしないでちょうだいよ」

と、藍は苦笑して、「チケット代くらい払うわよ」

「いえ、今夜の分は……」

と、芽衣が言った。「それに――実は、今夜何かあるかもしれないと思ったので、町田さんに来ていただいたんです」

「今夜、というのは？」

と、藍が訊く。

少し間があって、宮田がため息をつくと言った。

「今日が命日なんです。――安岡肇《やすおかはじめ》さんの」

その名には聞き覚えがあった。

「確か……演技上のことで何かあって、自ら命を絶たれたのでは？」

と、藍は言った。

「その通りです」

と、宮田は肯《うなず》いて、「他ならぬこの劇場で、〈罪なき女〉の上演を間近に控えているときに、安岡さんは――自殺したのです」

藍は肯いて、

「思い通りの演技ができない、と言って……。でも、ずいぶん前のことですよね」

「ええ。今年で三十年になります」

と、宮田が言った。

「そんなになりますか」

と、藍は言った。「私も誰かの本で読んで知ったんです」

「ああ、びっくりした」

と、真由美が言った。「藍さん、本当はもう六十歳くらいなのかと思った」

「こら！」

と、藍は真由美をにらんだ。

――重苦しかった空気が、少し取り除かれたようだった。

「それでは、あの口笛のメロディは……」

と、藍が言うと、宮田はちょっとためらってから、

「お察しでしょうが、安岡肇さんがよく口笛を吹いていたと聞いています」

と言った。「もちろん、僕もまだ三十歳ですから、直接聞いたことがあるわけではありませんが」

「では、あのメロディをなぜご存じなのですか？」

「聞こえて来たんです。リハーサルのときに」

と、宮田は言った。「そうしたら……」

「お前のお母さんとは、互いにいつか夫婦になろうと誓っていた。しかし……」

ほとんど空っぽの舞台に、壁やドアの位置を示す印が描かれている。

そこでのリハーサル中だった。そして、その場面まで来たとき……。

「――おい！」

と、演出家の九鬼が怒鳴った。「誰だ、音楽なんか流した奴《やつ》は！」

口笛のメロディが聞こえて来たのだ。

「変ですね」

と、宮田は言った。「勝手に流さないでしょう。何かの手違いですよ」

「おい、音響の奴！」

九鬼が大声を出すと、メロディは止った。

そして――袖から出て来たのは、白髪のかなりの年齢の老人だった。

「今のは……」

「おい、必要ないところで音楽入れないでくれよ」

と、九鬼は言った。

「私じゃありません」

なぜかその老人は青ざめて、震えているようだった。

「じゃ、誰なんだ？」

「それは……。あの曲をご存じですか」

「いや。どこかで聞いたことはあるような……」

と、九鬼が言うと、

「私は聞いてました。いつも照明の近くにいましたから」

「聞いていたって、何を？」

老人は、

「三十年前の……あのとき、この口笛が……」

と、呟くように言った。


第一幕のリハーサルだった。

最後のセリフが終ると、しばし緊張した沈黙があった。

誰もが待っていた。その人のひと言を。

せいぜい三十秒ほどのことだったろうが、居合せたスタッフ、キャストにとっては、一時間もたったかのようだった。

立ち上った女性は、手にした台本で、セットのテーブルを軽く叩《たた》いて、

「第二幕へ行くわよ」

と言った。

ホッとした空気が流れた。

しかし、それも一瞬のことで、

「第二幕、第一場は飛ばして第二場から」

と、その女性が言ったのである。

「東《あずま》先生――」

と、出演者の一人が戸惑って、「どうして第一場はやらないんですか?」

東君枝《きみえ》は、冷ややかに、

「やっても意味がないからよ」

と言った。

「でも――」

「第二場なら、安岡君の出番がないでしょう」

――その意味が、居合せた全員に伝わるのに、少しかかった。

「先生……」

安岡肇がかすれた声で言った。「第一幕をもう一度やらせて下さい」

「いつまでも第一幕だけやっていたら、終らないわ。分る?」

「はい。でも――」

「どこが悪いか、安岡君、自分で考えて」

と、東君枝は言った。「じゃ、第二幕、第二場!」

みんなが動き出す。――ただ一人、安岡肇を除いては。

誰も安岡と目が合わないようにしていた。

——この劇団で、東君枝は神のような存在だった。

四十八歳のベテラン女優は、〈罪なき女〉のリハーサルに、いつも通り一切手を抜かずに臨んでいた。

主演の一人に抜擢《ばってき》されたのは、二十七歳の若手俳優、安岡肇だった。

安岡は端整な顔立ちで、劇団に入ったばかりのころから、映像の仕事がいくつも来ていた。ドラマやCMで、安岡は結構なギャラをもらうようになっていた。

しかし、そのギャラのほとんどは劇団に納めることになる。それでも安岡は不満など全く洩らさなかった。

実際、今度の〈罪なき女〉の公演が実現したのは、安岡の稼ぎがあったからと言っても良かったのである。

「じゃ、第二場の頭から」

と、東君枝が言った。

団員たちは、稽古場の隅にポツンと一人で立っている安岡のことを気にしつつ、リハーサルを続けた……。

「本当に可哀《かわい》そうだったよ」

と、竹内《たけうち》というその老人は言った。

老人を楽屋へ呼んで、藍たちは改めて話を聞いていたのだ。

「東さんは、どこがどう悪い、とか一切言わないんだ。自分で考えろ、と言うだけでね。安岡さんみたいな若い人は途方にくれるだけだった……」

「きっと、東さん自身がそうやって来たからでしょうね」

と、藍は言った。

昔気質《かたぎ》の役者などにはよくある話だ。

何も教えず、ただ「勝手に盗め」と言う。しかし、今となっては――いや、三十年前でも、もうそのやり方は通用しなかったのではないか……。

「そんなリハーサルが何日か続いてね」

と、竹内老人が言った。「ある日、安岡さんが稽古場でのリハーサルに現われなかった。みんな心配したんだが、東さんは安岡さん抜きでリハーサルを始めた。すると、あの口笛が……」

竹内は首を振って、

「安岡さんがよく口笛でそのメロディを吹いてたことは、みんな知ってた。だから、てっきりどこかに安岡さんがいると思って、東さんは、『出て来なさい！』と怒った。そこへ電話が入って……」

と、少し間を置いて、「――警察からの知らせだった。安岡さんが自殺した、と。しかも、この劇場の中でね。〈罪なき女〉の本番をここでやると決っていたんだ。――しかし、あとで分ったことだが、死んだのは前の夜の遅くだった。それなのに、リハーサルの場に、あの口笛が流れたんだ」

「そのときはもう亡くなっていたんですね」

と、藍が言った。

「そうなんだ。――今日の舞台の口笛だって、俺は何も知らねえよ」

しばらく誰も口をきかなかった。

「――明日からの公演、どうなるんですか？」

と阿久津芽衣が言った。

3　記憶

みんなが重苦しく黙っていると、突然楽屋のドアが勢いよく開いて、

「一体どういうことなの？」

と、鋭い声が飛んで来た。

「アリサさん。申し訳ありません」

と、宮田が詫《わ》びた。

藍は、スーツ姿のその人物が、劇場の出口で客に詫びていた女性だと分った。

「一日分の公演中止がどれくらいの損害になるか、分ってるでしょう！」

と、その女性は厳しく言った。

「でも、アリサさん」

と、阿久津芽衣が取りなすように、「今日は特別な日でしたから」

「特別な日って？」

「それは――安岡さんの亡くなった……」

「そんなことが、今日のお客さんに何の関係があるの？　お客さんはお芝居を見に来ているの。怪談話を聞きたいわけじゃない」

「私、どっちも好きだけど……」

と、真由美が小声で言った。

「そちらの方は？」

と、アリサという女性は藍を見て、「舞台裏の事情を、外部の方には――」

「町田藍と申します」

藍が名刺を差し出す。それを見て、

「ああ……。いつか芽衣ちゃんが話してた方ですね。普通の人にはない霊感がおありとか」

と、その女性は言って、「失礼しました。この劇場の支配人、東アリサです」

「どうも……」

と言って、藍は、「東さん、とおっしゃるんですか？」

「はい。——以前、〈劇団K〉にいた、東君枝の娘です」

と言って、「でも、今はここの支配人として、何とか〈劇団K〉を潰さないようにと頑張っているつもりです」

と、強調した。

「それはおっしゃる通り」

と、九鬼が言った。「今日のことは、演出家の僕の責任です」

「ともかく……」

と、東アリサは息をついて、「もう二度とこんなことがないようにして下さいね」

と言うと、足早に楽屋を出て行った。

「——申し訳ありません」

と、宮田が言った。「僕のせいで……」

「いや、誰のせいでもないよ」

と、九鬼は宮田の肩を軽く叩いて、「あんなことがあれば、誰だって……」

すると、藍が、

「すみませんが」

と、割って入った。

「自殺した安岡さんですけど、この劇場のどこで見付かったんですか？」

居合せた面々は顔を見合せた。

「いや、何しろ三十年前のことだしね」

と、九鬼が言った。「詳しいことは分らない。訊く気にもなれなかったしね」

「でも、警察から連絡があったときは……」

誰もが竹内老人へ目をやった。

知っているとすれば、竹内しかいないだろう。

「知らせがあったのは、稽古場だったからね」

と、竹内は言った。

「じゃ、安岡さんの遺体は？」

「もう遺体安置所に置かれていたんじゃないかな」

と、竹内は考えながら、「俺も、直接見たのはお通夜の席でね」

「それでは、警察に呼ばれたのは――」

「東さんだ。東君枝さんだった。他に、当時の劇団の人が一緒だったかもしれないが

……。俺にゃ分らん」

藍は肯いて、

「そうですか。——ところで、東君枝さんはその後、劇団をやめられたんですね」

「ああ。やっぱり、安岡さんのことが応《こた》えたんじゃないかな。その後一年ほどして、劇団を去ったね」

と、九鬼が言った。

「その後も、もちろん活躍されていたことは存じています」

「そう。映画やＴＶでね。しかし、あまり舞台には立とうとしなかったね」

と、竹内が言った。

「こんなこと、伺っていいのかどうか分りませんが」

と、藍は言った。「あの東アリサさんは、東君枝さんと、どなたの間のお子さんなんですか？」

竹内は首を振って、

「それは誰も知らない。あの事件のころには、アリサさんは十四、五歳だったと思うけど、東さんは、いわゆるシングルマザーでね」

「そうですか」

と、藍は肯いて、「今、東君枝さんはどちらに？」

「もう、映画にも出ていないね」

と、九鬼が言った。「たぶんもう……七十八、九になるだろう」

藍は、今日、劇場の隣の席に座っていた老婦人のことを思い出していた……。


「藍さん」

と、真由美が言った。「帰らないの？」

「ちょっと見ておきたい所があるの」

と、藍は劇場の舞台袖へと入って行った。

「真由美ちゃん、芽衣さんと先に帰っていいわよ」

真由美はちょっと藍をにらんで、

「そう言われて素直に『はい、そうします』と言う私だと思う？」

芽衣が笑って、

「お二人、面白いわね！」

「分ったわ。でも、ついて来ちゃだめよ」

藍は、舞台袖から、狭いらせん階段を上って行った。

そして——もちろん、真由美も芽衣も、藍について来たのである。

「仕方ないわね」

と、藍は苦笑した。「危い真似《まね》はしないのよ」

「はいはい」

──藍は、舞台を見下ろす細い通路へと出て行った。

幅三十センチほどの通路で、手すりはちゃんと付いているが、下を見ると怖いようだ。

「──何かあった？」

と、真由美が訊く。

「いえ、何も……」

あの口笛が聞こえて来たとき、確かに、この辺に霧のようなものが流れていたのだ。

しかし、あれが〈霊〉のしわざだとしたら、そういう霊気が残っていそうなものだが……。

「後はあの口笛のメロディね」

と、藍は言った。「どの辺から聞こえた？　芽衣さんの印象はどう？」

「そうですね……」

と、芽衣は眉を寄せて、「何だか──下の方からだったような……。少なくとも、頭上から聞こえる感じじゃなかったような気がします」

「下の方？」

藍は通路を戻って、舞台へと下りてみた。

舞台には、落ちついた感じの居間のセットが組まれている。最近の演劇としては珍しい、リアルな生活感のあるセットだ。

「藍さん――」

「待って」

と、藍は言って、「悪いけど、一人にしてくれる?」

真由美は、藍が何かを感じているらしい、と察して、

「分った」

と、芽衣を促して袖の方へとさがって行った。

藍は、居間のセットの中を、ゆっくりと歩き回っていたが……。

4 旧知

やれやれ……。

竹内老人は、劇場の裏口から出ると、腰を伸して、息をついた。

もう真夜中である。

「どこかで一杯やって帰るか」

と呟くと、夜道を辿《たど》って行ったが……。

人の気配に足を止め、振り向いた。

「——誰だね？」

誰かが立っていた。そして、影としか見えないその人は、

「久しぶりね」

と言った。

竹内は息を呑《の》んで、

「あんたか！」

と言った。「今日の舞台を——」

「見ていたわ」

「まあ……。今日は仕方のないことだったよ。あんたの娘さんにゃ気の毒だったが」

「あんなことが……。あなたがやったの？」

と、東君枝は言った。

「まさか！　誰のやったことか、見当もつかないよ」

と、竹内は首を振って、「しかし、幽霊のしわざじゃないとは思ってるがね」

「アリサは頑張ってる？」

「もちろんさ。会いに行かないのかい？」

「あの子も私に会いたくないでしょう」

と、君枝は寂しげに、「どうせ、私はそう先のない年齢《とし》だし」

「何を言ってるんだ！」

「本当よ。ともかく――あなたも、体の続く限り頑張ってね」

「待ってくれ！　君枝さん……」

竹内は呼び止めたが、東君枝の姿はたちまち闇の中へ消え、追いかけていくだけの力は竹内にはなかった。

　もう大丈夫だろう。

　東君枝は、足を止め、後ろを振り返った。

　竹内が追ってくる気配はない。

　ゆっくりした足取りで、君枝は道を戻って行った。

　そして――着いたのはあの劇場だった。

　ポケットから鍵を取り出し、劇場の裏口から中へ入る。

　むろん、もう中には誰もいないはずだ。

　君枝は、舞台の照明を点《つ》けた。――あの居間のセットが浮かび上る。

　袖から舞台へ出て行くと、居間のセットの中を通って、どっしりとしたソファの所まで行く。ソファは重厚な本物だ。

　君枝はソファの裏側に回ると、しゃがみ込んで、そこの布に手をかけた。テープで止めてあった布は、静かにめくれてくる。

中から君枝は、カセットレコーダーを取り出した。

元通りに布を戻すと、立ち上って――凍りついた。

「どうも」

と言ったのは、藍だった。「東君枝さんですね」

「あなたは……」

「町田藍と申します。〈すずめバス〉という小さなバス会社でバスガイドをしています」

「ああ……」

と、君枝は肯いて、「聞いたことがあるわ。〈幽霊と話のできるバスガイド〉って、あなたね？」

「ちょっと言い過ぎですが」

と、藍は言った。「そのカセットレコーダーが、タイマーで作動して、口笛のメロディが流れたんですね」

「どうしてそのことを……」

「それより、なぜ、そんなことをなさったんですか？」

と、藍は訊き返した。

「あなたには関係のないことです」

と、君枝は言った。「放っておいて下さい！」

「確かに、私はこの〈罪なき女〉の観客の一人に過ぎません」

と、藍は肯いて、「でも、あなたのなさっていることが、危険を招くかもしれないので、黙っていられないんです」

「危険ですって？　私をおどすつもりなの、あなた？」

「とんでもない」

「それじゃ——」

「伺っていいですか？　安岡肇さんは、この劇場のどこで自殺したんですか？」

君枝は表情をこわばらせて、

「それを聞いてどうしようというの？」

「知りたいのです。他の方たちは、お通夜のお棺の中の安岡さんしか見ていません」

君枝はしばらくためらっていたが、

「——いいわ」

と、息をついて、「そんなことを、どうして知りたいのか分らないけど……。安岡君は、あの上の……狭い通路から、首を吊《つ》って死んでいたの」

と、上の方へ目を向けて、

「知らせを聞いて、稽古場から駆けつけたとき、まだ遺体は下ろされていなかった……」

君枝はちょっと身震いして、

「下ろすのに、警官が何人も必要だったわ」

と言った。「私はその間、ずっと安岡君を見ていなくてはならなかった」

「ご自分を責めながら、ですね」

「いいえ！」

と、君枝は激しく首を振って、「安岡君の死は、私のせいではありません！　あれは安岡君が未熟だったからです。彼は自分に負けたんです！」

むきになって言う姿に、君枝の辛《つら》い気持がにじみ出ていた。

「安岡君は私を恨んでいた。だから、ああして、わざと私に死んだ姿を見せようとしたんです」

君枝は胸を張って、「もう行きます」

と言った。

「どうぞ」

と、藍は言った。「また、この舞台をご覧になるのでしょう？」

「もちろんです」

「私も」

「それはどうも」

「何人か、お客様を連れて、拝見すると思います」

「何ですって？」

「〈すずめバス〉のツアーとして、です」

藍は会釈して、「では、失礼いたします」

と、舞台を後にした……。


「よく席が取れたね」

と、真由美が言った。

「東アリサさんにお願いしたの」

と、藍は言った。

――〈すずめバス〉の〈劇場の幽霊ツアー〉には、いつもの常連を中心に、十八人が参加していた。

アリサが、評論家用の席をうまく都合して空けてくれたので、少しバラバラではあったが、いい席が確保できた。

〈罪なき女〉は、あの中断した一日の後、問題なく順調に公演を重ねていた。

もうあの口笛のメロディも聞こえず、宮田清治は日一日と演技に凄《すご》みが加わっていた。

「今日は何か起るのね？」

と、真由美が目を輝かせている。

「あんまり期待しないで」

と、藍は苦笑した。「もうお芝居が始まるわ」

開演時間になり、幕は上った。

——芝居は順調に進んだ。

そして、あの場面がやって来る。

「お前のお母さんとは、互いにいつか夫婦になろうと誓っていた……」

と、宮田が言ったときだった。

あの口笛のメロディが——舞台に流れたのである。

「来た！」

と、真由美が身をのり出す。

一瞬、宮田が動きを止めた。しかし、そのわずかの間の後、芝居は続いて行った。

藍は、あの高い通路の辺りに、白い霧がゆっくり広がるのを見た。

やはりそうか。——東君枝は気付いていなかったが、あの口笛のメロディは、安岡の霊を呼び出していたのだ。

しかし、今、舞台に立っている役者たちに対しては、恨みもないはずだ……。

「あれ……」

と、真由美が呟いた。

あの高い通路からゆっくりと下りて来たのは、先が輪になったロープだった。

宮田と芽衣は演技を続けていたが、そのロープに気付いた客席がざわつき始めた。

芽衣が先におかしいと思った様子で、客の目が上の方を向いていることに気付いた。

芽衣が上を見て、

「キャッ！」

と、短く声を上げる。

宮田もそれを見た。

しかし――口笛もロープも、今の宮田を止めなかった。

「いいか、マリア。人間はいつか死ぬものなんだ……」

宮田のセリフに、芽衣がハッとして、

「分っているわ。でも、あなたが死ぬなんて、許せない！」

と返した。

芝居は続いたのだ。

すると――口笛のメロディは少しずつ小さくなって消えていき、ロープは、見えない風に吹かれたように、ゆっくり左右に揺れ始めた。

そして、フッとロープは消えてしまったのである。

「——立派だわ」

と、藍は呟いた。

宮田も芽衣も、幽霊に勝ったのだ。

幕が下りたとき、客席は盛大な拍手で充《み》たされた……。


「怖かった！」

カーテンコールが終ると、芽衣が汗を拭って言った。

「お疲れさま」

と、袖に入った芽衣へ、藍は声をかけた。

「あのロープは、幻？」

と、芽衣は訊いた。

「あそこで安岡さんが死んだのよ」

と、藍は言った。「でも、もう現われないでしょう」

「——よくやったわ」

という声がした。

「東さん」

東君枝が立っていた。

「あなたが……」

と、宮田が言った。

「安岡君は、私を許してくれなかったわ」

と、君枝は言った。「私が舞台に立つと、必ず何かよくないことが起きて、私を苦しめた……」

「それを克服するためには、今の宮田さんが、幽霊に打ち克《か》ってくれるしかなかったんですね」

「ごめんなさい」

と、君枝は宮田に詫びた。

あの口笛のメロディをカセットレコーダーで流したことを白状して、

「でも今日は何もしていないわ。町田さんが仕掛けたの?」

「いいえ。——今日は違ってたでしょう?」

と、芽衣に訊く。

「ええ……。口笛が、上から聞こえて来たわ」

「私のせいが、多少あるかもしれません」

と、藍は言った。「でも、あのロープは……。怖かったですね」

「今日も〈すずめバスツアー〉は大成功ね!」

と、真由美が自慢するように言った。

「――お母さん」

アリサがやって来て、「また舞台に戻る気はない？」

「何よ、いきなり」

「だって、もう大丈夫なんでしょ？　まだお母さんの舞台を見たがってる人が沢山いるのよ」

「あなた、客が入れば母親でも利用するの？」

「もちろんよ！　それが支配人の役目。幽霊だって利用してやる」

と、アリサは言った。「それからね、私、結婚することにしたの」

「まあ、誰と？」

「お芝居と幽霊の好きな男が見付かってね」

と、アリサは言ってニッコリ笑った。

「本当のことなの」

と、女は言った。「〈劇場の幽霊〉って確かにいるのよ」

簡潔な人生

1　参観日

「しまった！」

まだ半ば眠っている状態で、中本《なかもと》はそう口走っていた。

目覚し時計は、もう午後の一時半を示していた。十二時ちょうどに鳴るようセットしたつもりだったし、おそらく実際に鳴ったのだろう。

そして無意識に止めて、また寝入ってしまった……。

「疲れてるんだ……」

と、中本はベッドに起き上って、自分に向って言いわけした。

もちろん、誰も聞いていないので、同情もしてはくれないのである。

ともかく――起きよう。

ベッドを出ると、少しめまいがしたが、ともかく急がなくては。冷たい水で顔を洗って、やっと目が覚めた感じだった。

「間に合わないぞ、これじゃ！」

あわてて仕度をする。その間も大欠伸《おおあくび》が何度も出た。

中本久士《ひさし》は四十五歳。普通なら、まだまだ若い内に入るだろうが、ほとんど休みのない激務は、中本を年齢以上に疲れさせていた……。

家を出ると、タクシーを拾って、中学校へと急ぐ。少し曇って、肌寒い日だった。

今日は、中本の一人息子、勇《いさむ》の授業参観日なのである。

「——急いでくれ」

そう言っても、スピード違反をさせるわけにはいかない。ただ、そう声をかけることで、

「急いで来たんだ！」

と、自分へ言いわけしていたのかもしれない。

幸い道は空いていて、思ったより早く中学校に着くことができた。校舎へ駆け込んで、

「二年C組は？」

と、受付の女性に訊《き》く。

妻の千津子《ちづこ》から、

「勇のクラスは二階の階段を上ったすぐの所よ」

と、くり返し聞かされていたのだが、いざとなると思い出せなかった。

「——ここだ」

〈二年C組〉の表示。戸を開けようとすると、通りかかった教師が、

「そこは教室の前の方の入口ですよ」

と、声をかけてくれた。「親ごさんですね。向うの後ろの戸からお入りになって下さい」

「どうも……」

恥をかくところだった！

中本は、後ろの方の戸をガラッと開けて、ギョッとした。

クラス中の生徒と、教室の後部にズラッと並んでいる父母たちが一斉に振り向いたのだ。授業中なのだ。そっと開けなくてはならなかった。

冷や汗をかきながら、中へ入ると、ゆっくりと戸を閉める。父母たちの中に、妻の千津子の姿を見付けた。

夫の方をチラッと見たその目は、「遅いじゃないの！」と文句を言っており、「みっともないでしょ！」と叱っていた。

中本は、千津子のそばへ行こうかとも思ったが、みんな身じろぎもせずに授業の様子に見入っているので、動かないことにした。

子供たちを見渡すと、勇はすぐに分った。後ろ姿だが、何といってもわが子である。

「――この計算は、今までに習ったことだけで解けるわね」

青いスーツの若い女性教師だった。まだせいぜい三十くらいだろう。

「じゃ、誰かにやってもらいましょう」

そのとき、勇が後ろを振り返った。そして父親を見付けると、ちょっと照れたように笑った。

中本は胸が熱くなった。——いつも、ろくに遊んでもやれない勇が、それでも父親がこうして授業参観に来てくれたのを喜んでいる。

——間に合って良かった、と中本は思った。

「この問題の解ける人」

と、教師が言ってクラスを見渡す。

そのとき、パッと手が挙《あが》った。——勇だ！

中本は誇らしい気持になった。

「はい、中本君」

と、教師が指して、勇は立ち上った。

その一瞬、中本は自分がどこか別の空間に迷い込んだような気がした。——どうしたんだ？　何かおかしい……。

次の瞬間、中本は教室中に響きわたる声で叫んでいた。

「簡潔にお願いします！」

「ねえ、見た？」

と言ったのは、常田《つねだ》エミだった。

「――何のこと？」

〈すずめバス〉の本社兼営業所で、今日はツアーがなくてウトウトしかけていたバスガイド、町田藍は顔を上げた。

「ネットに流れてる動画よ！　傑作なの！」

ガイド仲間の常田エミは、パソコンを立ち上げて、少しいじっていたが、「――これこれ！」

「どこかの学校？」

「中学校の授業参観なのよ。親の一人がスマホでたまたま撮っていたらしいんだけど……」

先生が手を挙げた子を指す。そして子供が立ち上ったとき――。

「簡潔にお願いします！」

という声が教室に響きわたる。

「これって……」

藍はびっくりして、「今の言い方、例の記者会見の……」

「そう、官房長官の記者会見のあれよ」

と、エミが肯《うなず》いて、「この人、本当に記者会見で記者の質問の妨害してる当人なんだって！」

毎日の、官房長官の記者会見。話題になっていたのは、連日政府への疑惑を鋭く衝《つ》いた質問をする、T新聞の女性記者だった。

手を挙げても、なかなか指されないのだが、それでも数日に一度は当てないわけにいかない。

しかし、今度はその女性記者が質問を始めると、官房長官の部下が、数秒おきに、

「質問は簡潔にお願いします！」

と、大声で怒鳴るようになったのだ。

明らかな質問への妨害行為だとして、T新聞は抗議したが、官房長官の側は、

「いつもあの人は質問が長いので、注意しているだけだ」

と答えていた。

「この人がいつもの人なの、本当に？」

と、藍は言った。

「そのようよ。すっかり有名になったわね」

と、エミが言った。

確かに、その映像の再生回数は何万回にもなっている。おそらく、コピーして拡散されていることだろう。

「海外でも、英語字幕が付いて見られてるってよ」

「でも……どうして……」

と、藍はその発言の後の教室の様子を見ながら、ちょっと胸が痛んだ。

びっくりしている教師、立って振り向いているのが、発言した男性の息子だろう。

そして、居並ぶ父母がポカンとして、その父親を見ている。――そのときの空気は、映像からも想像がついた。

何より、言ってしまった当人が、まるでストップモーションの映像のように固まってしまっている。

自分が何を言ったのか、むろんそれは分っていよう。

だが、なぜこの場で？――これが悪い夢であってほしい。そう空《むな》しく願っていることが、伝わってくる。

「――でも、分るわ」

と、エミが言った。「私も、普通にバスに乗ったとき、『いつも〈すずめバス〉をご利用いただきまして、ありがとうございます』って言いたくなっちゃうものね」

しかし、この男性の場合は、そんな呑気《のんき》なものではないだろう。当てられて立っていた男の子、そして、おそらく居合せたであろう母親にとっても……。

2　反転

「早いわね」

千津子の声は、無表情だった。

「うん……」

中本は玄関を上ると、「ちょっと疲れたんでな」

と呟《つぶや》くように言った。

千津子は台所に立って、何も言わない。

中本はネクタイを外すと、

「――勇は？」

と訊《き》いた。

「今日はサッカークラブよ」

と、千津子が言った。

「ああ。――そうか、サッカーだったな」

中本は手にしていた鞄《かばん》を居間のソファに置いて、「今日、長官と話したよ」

「そう」

「少し休んだらどうだ、って言われた」

と、中本は言った。

「——そう」

「まあ、ずいぶん長いこと休暇なんか取ってないしな」

と、中本はソファにかけて、「何日か休んで、温泉にでも行くか。——どう思う?」

「結構ね。行ってらっしゃい」

「おい……」

中本は、引きつったような笑いを浮かべて、「俺一人で行ってどうするんだ。お前も一緒だ。当り前だろ」

千津子は、夫を見ようともせず、

「私は遠慮するわ。有名人と一緒じゃ、気が休まらないもの」

中本はムッとしたように、

「それはどういう意味だ」

と、台所へ入って行った。

「分ってるでしょ。——あなたはもうこの辺じゃ有名よ、〈簡潔の人〉ってね」

「おい!　それが俺のせいだって言うのか!」

と、中本は声を震わせて言った。「確かにあれはみっともない真似《まね》をしたよ。しかし、疲れてて、何が何だか分らなかったんだ」

「済んだことは仕方ないでしょ。でもね――」

と、千津子は夫の方を向いて、「お友達やご近所の人から『ご主人って偉いわね』とか、『お役人の鑑《かがみ》ね』とか言われる身にもなってよ！　あんな恥ずかしいこと……」

「恥ずかしいとは何だ！　俺のどこが恥ずかしいんだ！」

「決ってるでしょ。子供のいじめじゃあるまいし、何秒に一回だか、『簡潔にお願いします！』って叫ぶなんて、いい年齢《とし》をした大人のすること？」

「仕事なんだ！　長官に言われたら、いやとは言えないだろう。文句があるなら、長官に言え！」

「言っていいなら言いに行くけど」

と、千津子はじっと夫をにらんで、「勇がクラスで何て言われてるか――」

「勇だと？　勇がどうしたっていうんだ？」

「あの子のあだ名は〈カンケツ〉よ。ホームルームで、健康委員として話そうとすると、クラス中から『簡潔に願います！』って声がかかるのよ。あの子の気持が分る？」

「それが俺のせいだと言うのか！　世の中は力のある人間に従わなきゃ生きていけないようにできてるんだ！」

お互い怒鳴り合っていて気付かなかった。

いつの間にか、勇が帰って来ていることに……。

「――お帰りなさい」

と、千津子がハッとして言った。「早かったのね」

「うん」

勇は肯いた。

「お腹空いたでしょ。すぐ食べられるわよ。シャワー浴びて来たら？」

「いいよ。汗かいてない」

と、勇は言った。「クラブ、やめて来たんだ」

「勇……。どうして？　サッカー、大好きだったのに」

「うん。でも……いいんだ」

勇はクルリと背を向けると、自分の部屋へと、階段を上って行ってしまった。

「――何かあったんだわ」

と、千津子は言った。「あなた、訊いて来て」

「俺に訊かせるのか。『簡潔に訊いて来い』とでも言うのか」

「あなた――」

「その辺で何か食ってくる」

そう言うと、中本は玄関へと出て行った。

中本は、じっと暗い目つきで会見場を眺めていた。

記者の質問も、長官の答えも、聞こえてはいたが、どこか遠い場所から聞こえてくるこだまのようで、内容は一向に頭に入って来なかった。

会見場に入る前、中本は長官から、

「今日はいい加減あの女を指さないわけにいかない。頼むぞ」

と言われていた。

むろん、言われている意味は分っていた。

あのT新聞の女性記者は、毎日必ず手を挙げているが、ここ何日か長官は無視し続けている。

しかし、そうそう無視しているわけにもいかない。今日は当ててやらなくては、ということだ。

何人も、記者たちの質問は続いた。中本は少し眠くなっていた。このところ、よく眠れない。

しかし、会見場で居眠りなどしていたら、それこそ動画を流されかねない。必死で膝をつねったりして目を覚ましていた。

「ではあと一人——」

すかさず、あの女性記者が手を挙げる。

官房長官が、渋々指さした。

「T新聞の片桐《かたぎり》です」

と立ち上って、彼女は言った。「この度の自衛隊の中東地域への派遣について——」

誰もが、中本の方へ目をやっていた。あの出来事も、当然みんな知っているはずだ。

今日はどれくらい「簡潔に！」が出るのか？

しかし——中本は黙って座っていた。

片桐記者の質問は続いていたが、中本は口を開かなかった。

会見場に、ちょっと戸惑った空気が広がっていた。——どうなってるんだ？

記者の質問は鋭く核心をついている。中本は長官がチラッとこっちを見るのに気付いていた。

「その件に関しましては……」

長官が手もとに目を落として、「以前にもお答えした通り——」

何度もくり返した同じ答弁をするつもりだと誰もが分っていた。片桐記者はそれでおとなしく引き下がったりしないだろう。

「同じ趣旨の質問をくり返されるのは、時間のむだとしか言えないと——」

長官が、そこまで言ったときだった。

中本は席から立ち上ると、会見場に響く声で、

「返答は簡潔にお願いします！」

と叫んだのである。

3　願望

バスはスピードを落とした。

いいタイミングだ。町田藍はチラッとドライバーの君原の方を見てから、

「皆様、お疲れのことと存じます」

と、マイクを手に言った。「間もなく、峠のちょうど中腹にあります休憩所に到着いたします。お手洗の他、売店では、温かいお飲物もございます。また、本日は大変よく晴れ渡り、視界も開けておりますので、展望台から、美しく紅葉した山々をご覧いただけます。——ここで約二十分の休憩でございます。まだ席をお立ちにならず、バスが停止してからご準備下さい。大丈夫です。お客様はお一人も置いて行きませんので、ご安心下さい」

バスの中に笑いが起きた。

バスが停《と》まる。藍は先に降りると、次々に降りて来る客を確認した。

バスの中に残る客も一人や二人はいることが多いものだが――。

「藍さん、ご苦労さま」

と、降りて来たのは、〈すずめバス〉のツアー常連客、遠藤真由美。

十七歳の女子高校生の真由美は、藍の〈幽霊と出会うツアー〉の大ファン。

「真由美ちゃん、今日は出ないいわよ。普通の観光ツアーなんだから」

と、藍は言った。

「いいの！　普通のツアーでも、幽霊の方で藍さんに会いたくて出て来るかもしれないもん」

「変な期待を持たないで」

と、藍は苦笑した。「あ、お疲れさまでした」

コートを着たままの男性客が一人、降りて来た。

男は無言でトイレの方へと歩いて行った。

「――まだいたんだ」

と、真由美が言った。「私がラストだと思ってた」

「お一人で乗って来て、一番後ろの席に。――この間もそうだったのよ」

「へえ。何かわけあり？」

「まあね。でも、どこかで見たことのある人なのよ」

「どこかで人を殺して来た、とか？」

「嬉《うれ》しそうに言わないの」

他にもバスが三台停っている。――自分のツアーの客が、間違って他のバスに乗らないように、ちゃんと見ていなくてはならない。

ドライバーの君原が降りて来て、

「ちょっとコーヒーを飲んで来るよ」

と言った。

「ええ、どうぞ」

藍は、紅葉の山並を眺められる方へと足を向けた。

「ね、ちょっとシャッター押して！」

と頼んで来たのは、よそのバスの客だが、いやとも言えず、

「かしこまりました」

と、快く引き受ける。

山並をバックに、友達同士のツーショット。

「ありがと。――あなた、ずいぶんきれいになったわね」

「恐れ入ります。でも、美人が多いのは、そちらの〈K観光〉さんの方です」

「あら、あなた違うバスだった？　ごめんなさい！」

と、その中年女性はガハハ、と豪快に笑った。

そして、藍が撮った写真をスマホで確かめると、

「よく撮れてる。今は本当に簡単ね」

そう聞いて、藍はハッとした。

そうか！　どこかで見たことのある男だと思っていた。

あの、記者会見で「簡潔に！」を連発していた男だ。——確か、中本といった。

〈すずめバス〉への申込みは〈坂本《さかもと》〉となっていた。

その中本が、展望台の方へと歩いて行く。

藍は何だか気になった。

もちろん、あの出来事はよく知っている。

いつも記者に向って、「簡潔に！」と声をかけていたのに、ある日突然、官房長官の答弁に対して叫んだのだ。

ニュースになり、むろんネットでも話題になった。

官房長官が激怒したのは当然だろう。しかし、マスコミが騒いでいるので、中本をクビにすることもできず、「長期休暇を取らせた」と発表された……。

その中本が、どうしてツアーに……。

この間のツアーは、海に面した断崖に立ち寄った。そして今日は……。

「――まさか」

幽霊は出なくても、死人が出たら大変だ。

「――藍さん、どうしたの?」

と、真由美がやって来る。

「ちょうど良かった! 一緒に来て」

「え? やっぱり幽霊が出たの?」

「そうじゃないの」

と、手早く説明する。

「ああ、あの〈簡潔おじさん〉! そうだっけ」

「飛び下りるつもりかもしれない。手を貸して」

「分った!」

と、真由美は大喜びで、「一発ぶん殴って気絶させれば?」

「ちょっと! 何もしない内に殴らないでよ」

中本は、足を止めた。

むろん、向う側に落ちないように柵はある。しかし、その気になれば乗り越えられるだろう。

コートのポケットに手を入れて、中本は遠い山並を眺めている。

藍は、静かに歩み寄って、

「いい眺めでしょう?」

と、声をかけた。

中本は、自分が話しかけられたとは思わなかったようで、しばらくしてから、

「え?」

と、藍の方へ目をやった。

「こんなにきれいに紅葉するのは最近では珍しいんです」

と、藍は言った。「季節が何だか妙にずれていますしね」

「ああ。——そうだね」

と、中本は気のない口調で言った。

「——失礼ですが」

と、藍はさりげなく言った。「ここから飛び下りるのはおやめ下さいね」

中本が唖然《あぜん》として、

「君……何を言い出すんだ」

と、藍を見つめた。

中本のすぐ後ろに、真由美が立っている。

「この間は、海岸の断崖で、同じような表情で立っておられましたね。気になっていたんです」

「客のことなど放っといてくれよ」

「そうはいきません。わざわざ大手でなく、私どものような小さな〈すずめバス〉を選ばれたのは、もし万一のことがあっても、影響が小さくて済むと思われたのですか？　でも、私は個人として、あなたにそんなことをしてほしくありません。中本さん」

「君は……知ってるのか」

「あの映像を拝見しました」

中本は深く息を吐くと、

「どこへ行っても言われる。〈簡潔の人〉ですね、と。全く、芸能人でもないのに、世間の奴《やつ》らは暇なんだと感心するよ」

「そうですね」

と、藍は言った。「でも、あなたは、『こっちを見るな！』と叫んで歩いているみたいです。知らない人でも、つい振り向いてしまいますよ」

「俺が？　目立たないようにしてるつもりだ」

「そうかもしれませんね。でも、別に意味なくチラッとあなたの方を見る人がいると、キッとなってにらみ返しています。誰でもびっくりしますよ」

「俺の気持が分るか。——家族のために、と思って、恥ずかしさをこらえてやったことで、女房子供にまで嫌われ、無視されてるんだ！」

と、中本は思いを吐き出すように言った。

「あなたは鏡を見ているんです」

「何だと？」

「他の人の視線の中に、自分が恥じているご自身の姿を見ていて、だから腹が立つんですよ」

「分ったようなことを言うな。たかがバスガイドのくせに。俺は東大卒のエリートなんだ」

するると、中本の後ろにいた真由美が、

「おじさん、間違ってますよ」

と、声をかけた。

「何だ、お前は？」

「この人のこと、分ってない。町田藍さんは〈幽霊と話のできるバスガイド〉として有名な人なんですよ」

「幽霊と……。そうか。噂《うわさ》で聞いたことがある」

と、中本は藍を見て、「俺がいつ死ぬか分るのか？」

「あなたがどうしてもご自分で命を縮めようとなさるのなら、止めることはできません」

と、藍は言った。「でも、こんなによく晴れて見晴らしのいい所で、飛び下りないで下さい。一緒にツアーをされているお客様たちにとって、一生忘れられないトラウマになります」

「そうか」

中本は皮肉めいた笑みを浮かべると、「じゃ、晴れていない日だったらいいんだな」

「できればその方が」

「分った。そうしよう」

中本は肩をすくめて、「大雨の日か、霧で何も見えない日に決行することにしよう」

「ありがとうございます」

と、藍は微笑《ほほえ》んで、「では、引き続き、ツアーをお楽しみ下さい」

藍は、他のツアー客の方へ、

「シャッター、切りましょうか」

と、歩いて行った。

中本は見送って、

「変な奴だ」

と、苦笑した。

真由美は、

「おじさん、分ってない」

とくり返した。「藍さんは死んだ人と会話することで、誰よりも生きることの価値を分ってるんです」

中本は真由美を見て、

「君は高校生か」

「ええ、そうです」

「もし君の父親が、上司の足にくちづけするのを見たら、どう思う」

「そうですね。それがなぜ必要か、理解できれば、何とも思わないと思います。それで誰かの命を救うことができるとか」

「君も見てるんだな」

「あの動画ですか？　ええ、見ました」

「俺を軽蔑するかね」

「いいえ。でも、辛《つら》かったです。見ているのが」

そう言って、バスへと戻って行く真由美を、中本はじっと見送っていた。

「——皆さん！　出発します。バスの方へお戻り下さい」

藍の声が響いた。

4　運命と偶然

ぬかるんだ道を長く走ったので、バスのタイヤとボディーは、かなり泥がこびりついていた。

ドライバーの君原と藍は、営業所へ戻ってから、約一時間、泥を洗い落とす仕事に追われた。

「ああ……。何とか終ったな」

と、君原が額の汗を拭った。

「腰が痛い……」

ずっとかがみ込んでタイヤを洗っていた藍は、腰を伸してフーッと息をついた。

「僕がやるのに」

「そうはいかないわ。これはバスガイドの仕事」

と、藍は言った。「でも、もう年齢だ」

「おいおい」

と、君原が笑った。

すると、

「失礼ですが」

と、女性の声がして、「こちらに町田藍さんという方は……」

「はあ」

見れば、キリッとしたスーツ姿の女性。見たことのある顔だ。

「私が町田ですが」

「そうですか！　私、T新聞の片桐周子《しゆうこ》といいます」

「ああ！　どこかでお見かけしたと……」

「何をしてらっしゃるんですか？」

片桐周子は、腕まくりをしてブラシとホースを手にしている藍を見て、ふしぎそうだった。

「戻ってくると、バスを洗うんです。今日は泥道で」

「そんなことまで？　大変ですね！」

もうすっかり暗くなっている。

藍は、片桐周子に少し待ってもらって、着替えをして出て来ると、

「その辺でお茶でも」

と誘った……。

「じゃ、真由美ちゃんが片桐さんに」

藍は、片桐周子の話を聞いて、「彼女はうちのお得意様でして」

二人は、〈すずめバス〉近くの喫茶店に入っていた。

「真由美ちゃんのお父様とは、取材で知り合って、以来親しくさせていただいてます」

と、片桐周子はコーヒーを飲みながら言った。「真由美ちゃんは町田さんのことを、とても尊敬していて……」

「藍と呼んで下さい。——私が、ちょっと珍しい力を持ってるからでしょう」

「聞きました。幽霊があなたを頼って集まって来るとか」

「オーバーです！　ときどき『お目にかかる』ことはありますけど」

「それだって凄《すご》いことじゃありませんか」

「苦労もありますけど」

と、藍は言って、「それで——私にどういうご用で？」

「お察しかと思いますが、真由美ちゃんから聞きました。——中本さんのこと」

「あの〈簡潔の人〉ですね。あなたは直接被害にあわれていたんですものね」

「ええ」

と、周子は肯いて、「初めの内は、本当に腹が立ちました。私は当然の権利があって質問しているのに、あんな子供じみた妨害をするなんて」

「私もＴＶであの様子を見ました。もちろん腹も立ちましたけど、こんなことをして恥ずかしくないのかしら、と目を疑いました」

「本当ですね。あの様子はネットで海外にも流れていて、日本の政府の評判は地に落ちています」

と、周子は言った。「でも、あの授業参観での出来事があって、私にも子供がいますから、見ていて胸が痛かったんです」

「そして、官房長官へのひと言が――」

「ええ、びっくりしました。中本さん、どうしちゃったんだろうと思って。そして真由美ちゃんから、藍さんのことを聞いたんです」

「私にできることは限られてます」

と、藍は言った。「でも、中本さんが幽霊になるのを待っているわけにはいきませんから」

「その後、中本さんはツアーに参加しているんですか？」

「いいえ、その後のツアーは、飛び下りるような場所へ行かないので。中本さんが申し込まれているのは、来週のツアーです」

「どこか危険な場所に行くんですか？」

「鍾乳洞《しょうにゅうどう》です。もちろん、普通に行けば、何の危険もありませんが、洞窟の中に、かなり急な流れの川があって、柵はありますが、もし流れに落ちたら助からないでしょう」

「じゃ、中本さんが、もしそこで……」

「その後、山の中腹に出ます。そこも崖の上なので」

「藍さん、おっしゃったそうですね。晴れているときは飛び下りないでくれ、と」

「言いました」

「その日が晴れているかどうか……」

「予報では、霧が出そうだということです」

と、藍は言った。

集合時間の三十分前、中本はその駅前ロータリーへやって来た。

「おはようございます」

もうバスは停っていて、藍がていねいに頭を下げた。

「早いね」

と、中本は言った。「いつもこんなに早く来てるのか?」

「はい、もちろんです。一時間前には」

「そうか。どうしてそんなに早く？」

「何があるか分りませんから。こういう場所は、色々なバス会社が集合場所に使います。他のバスに占領されてしまったら、お客様に歩いていただかなくてはなりません」

「早い者勝ちか」

「大手でしたら、強引に割り込むこともできるかもしれませんが、〈すずめバス〉のような小さい会社は……」

と言って、藍は振り返り、「もう、他のバスがやって来ています」

確かに、大型バスが二台、ロータリーへ入って来るところだった。

そのバスから降りて来たバスガイドが、

「藍さん、おはよう！」

と、声をかけた。「いつも早いわね！　とてもかなわない」

「それぐらいしか、点数稼げないもの」

と、藍は言った。

中本は、ちょっと面白がっているようで、

「あんたは役人に向いているかもしれないな」

と言った。「五分前と言われたら二十分前には待っている。俺も、ずっとそうしてやって来た」

「それが報われましたか？」

「どうかな。──ともかく自分で選んだ仕事だ」

と言うと、中本は灰色の空を見上げて、「今日は雨らしいじゃないか」

「どうでしょうか。山の天気は変りやすいですから。先にお乗りになって下さい」

「いや、少し外にいるよ。ひんやりして目が覚める」

十分ほどすると、一人二人と客がやって来る。──遠藤真由美がやって来た。しかし、一人ではなかった。

「どうして来たんだ？」

中本は、片桐周子を見て表情をこわばらせた。

「このお嬢さんと仲がいいんです」

と、周子は言った。「それに、このガイドさんのツアーには、ときどき幽霊が出るってことなので、それを楽しみに」

周子と真由美がバスに乗り込んで行く。

「わざと呼んだのか？」

と、中本は藍をにらんだ。

「いいえ！　真由美ちゃんが、〈他一名〉で申し込んで来たんです」

「怪しいもんだ。俺が飛び下りるところを特ダネにしたいんだろう」

そう言ってから、中本はさらにびっくりすることになった。

「いらっしゃいませ」

と、藍は二人を迎えた。

「お前たち……。どうして来たんだ」

中本は、妻の千津子と息子の勇に言った。

「だって、あなたはさっぱり帰って来ないじゃないの」

と、千津子が言った。「ここへ来れば、あなたに会えると思ったのよ」

妻と息子がバスに乗り込むと、中本は、

「誰がいようと、俺は自分の決心を変えないぞ」

と、藍へ言って、バスに乗った。

「――いらっしゃいませ」

他のバスでも、客が来始めていた。


「雨で足下が滑りやすくなっていますから、お気を付け下さい」

と、藍は後に続く客たちに声をかけた。

鍾乳洞の入口辺りは直接雨が当るので、藍は大きめの傘で、客が入口を通るときに濡《ぬ》れないようにした。

「いい天気だな」

と、中本は藍へ皮肉めいた言葉をかけて、中へ入った。

洞窟の中へ入ってしまえば大丈夫だ。

ひんやりとした空気。湿った感じが身体《からだ》を包む。

鍾乳洞はむろん自然のものだが、こうして観光地になっているのだから、充分に安全には違いない。

藍が案内して、洞窟の奥へと入って行く。

ゴーッという水音が聞こえて来て、藍の説明の声をかき消しそうな勢いだった。

「――この山に流れる川の一部が、こうしてこの鍾乳洞の中を流れています。水が白く濁っているのがお分りと思います」

照明が当って、激しい流れのしぶきがキラキラと光っている。

むろん柵があって、大人の胸ほどの高さ。誤って落ちることはない。

「凄いね」

と、流れを覗き込んで、中本の息子の勇が言った。「怖いな、僕」

「大丈夫よ。お母さんがついてるわ」

と、千津子が息子の肩を抱く。

「俺じゃ頼りにならないか」

たまたまそばにいた中本が言った。

「そんなこと言ってないわ」

と、千津子が苦笑して、「こんな所でやめて」

「こんな所か。——勇。生きてくってことは、こういう急な流れを必死で泳ぐようなもんだ。溺れないだけで精一杯なんだ。泳いでる姿が人からどう見えるかなんて、考えちゃいられない」

勇は父親を見ていたが、

「——でも、お父さん」

「何だ」

「必死で泳いだ割に、太ってるね」

中本はムッとしたように息子をにらんだが——。そばにいた真由美と片桐周子が笑い出してしまった。

「何がおかしいんだ！」

と、中本は笑っている二人の方をにらんだが、長くは続かず、その内中本自身も笑い出してしまったのだ……。

鍾乳洞から外へ出ると、

「雨が上りましたね」

と、藍が言った。

木々の間からは日が射している。

「しかし、カラッとは晴れないぞ」

と、中本は言った。

「そうですね」

と、藍は穏やかに肯いた。

バスがまた走り出すと、外は薄暗くて、時折小雨がパラついていた。

一番後ろの席に一人で座っていた中本は、隣に座ったのが片桐周子なのを見て、

「何か文句があるのか？」

「いいえ」

と、周子は微笑んで、「今日は記者会見じゃないんですから」

「ああ。――その後はどうだ」

と、中本は前方へ目をやって言った。

「『簡潔に！』とは言われなくなりました」

と、周子は言った。「でも、ますます指されなくなりました」

「そうか」

中本は、前の方の席に座っている妻と子の後ろ姿を見ながら、「俺は何の手本にもなれなかった」

と言った。

「でも――なぜ長官に向って、『簡潔に！』と言ったんですか？」

「どうしてかな……。確かなのは、あんたの質問を妨害した罪滅ぼしじゃなかったってことだ。俺は言われたことをしただけで、それが悪いことだったなんて思ってない」

「それじゃ、なぜ……」

「たぶん……バランスを取ろうとしたんだろうな」

「バランス？　つまり、私と長官で、公平にってことですか」

「ああ、たぶんそうだ。役人ってのは、いつもバランスを考えてるものだ。あんたの邪魔だけしていて、何だか耐えられなくなったんだな。本能的なものかもしれん」

「そのバランス感覚が、どうして崖から飛び下りることになるんですか？　死んでしまったらおしまいでしょう。もうバランスも取れなくなる」

「いや、俺と家族じゃ、とんでもなくアンバランスなのさ。女房は近所で、いつも俺のことをからかわれる。息子は、学校で笑われるだけじゃない。大好きだった――いや、今だって大好きなサッカークラブをやめてしまった」

「お父さんと何の関係が？」

「ドリブルの練習をしていて、コーチに言われたそうだ。『もっと簡潔にできないのか?』ってな」

「ひどい言い方」

「ああ。——俺はそのコーチを殴りに行った」

「まさか、本当に……」

　中本はちょっと笑って、

「本気だったさ。ところが、俺が怒鳴り込んだのは、勇が通ってたのとは別のサッカークラブだったんだ。そこのコーチを殴らなくて良かった。笑われて帰るのは、惨めだった」

「でも——今日、このバスに奥様たちが乗って来られたのは、あなたのことを心配されてのことですよ」

「そうかもしれん。しかし、俺が死んでも、別に困りゃしないさ」

「本当に飛び下りるつもりですか?」

「あんただって、止めやしないだろ」

「やめた方がいい、とは言えますけど、あなたを抱きしめてまで止めようとは思いません」

　と、周子は言った。「それに晴れてるときは、飛び下りないんでしょ?」

「外を見ろ。この雨は止《や》まないさ」

しかし、山の中腹へとバスが上って行くと雨は止んでいた。

「――間もなく展望台です」

と、藍が言った。「幸い、雨は止んだようですが、足下は濡れておりますし、水たまりもあると思います。お気を付け下さい」

バスは、駐車スペースへ入って停った。

藍は先に降りて、

「凄い霧だわ！」

と、思わず声を上げていた。

やや明るくはなっているものの、深い霧が一面に立ちこめて、展望台の建物もぼんやりかすんで見えるほどだった。

「皆様、大変霧が濃いので、お気を付け下さい」

と、藍はバスの中へ声をかけた。

「――わあ、本当だ」

と、真由美が降りて来て目を丸くした。

「他の車に気を付けてね。ともかく建物に入れば暖かいし」

中本千津子と勇が降りて来る。

そして、他の乗客が降りてしまうと、中本と片桐周子がゆっくり降りて来た。

「奥様たちは、建物の中です」

と、藍が言った。

「分った」

と、中本は肯いて、「残念だったな。この霧なら、誰も俺が飛び下りるのを見られない」

「そうですね」

と、藍は言った。

中本が周子と一緒に建物へと入って行く。

中は売店があり、簡単な食事ができるようになっていた。

「――藍さん」

建物の入口で待っていた真由美が言った。

「あの人、どうするの？　やっぱり一発ぶん殴って気絶させる？」

「だめよ。そんな」

と、藍が苦笑した。

「でも……」

「私が止める。命がけでね」

「そんなこと……。藍さんは死んじゃだめだよ！」

「熱烈な恋もしないで死なないわよ」

藍の言葉に、真由美は首をかしげた。

――中本は、カウンターでコーヒーを飲みながら、

「俺が自殺したら、あんたが非難されるかな」

と、周子に言った。

「まさか、そんなことのために死ぬつもりですか？」

と、周子が訊く。

「そうじゃない」

と、中本は首を振って、「俺は失業したんだ」

「え？」

「長官から言われた。辞表を出すか、とんでもない部署への異動か、どっちかを選べ、と」

「それで――」

「辞表を出した。俺はエリートなんだ。つまらない事務なんかやってられるか」

「だからって――」

「一つ頼まれてくれ」

「何ですか?」

「崖から落ちたのは事故だった、と証言してほしい。保険金が下りるように」

周子はじっと中本を見つめて、

「本気なんですね」

と言った。

「もちろんだ。あんたには分るまい。役人として、出世の階段を一段一段上っていくことに生きがいを感じていた人間が、突然足下の階段を失ったとき、どんな気がするか」

「分りません。生きるって、もっと色んな道があるはずです」

「俺にはなかった。でなきゃ、『簡潔にお願いします!』なんて恥ずかしいことが言えるか」

中本はコーヒーを飲み干すと、「俺は行く」

と、クルッと向き直り、建物から出て行った。

その後を追って、藍が足早に出て行く。そして真由美も——。

「畜生、どこだ?」

霧があまりに濃くて、どこが断崖なのか分らない。

ハッと気が付くと、目の前に柵があって、〈注意!〉の立て札が立っていた。

柵は胸ぐらいの高さがあって、乗り越えるのはちょっと大変だろうが、不可能ではない。

「この先が――崖か」

しかし、ほんの二、三メートル先も白い霧で遮られて、全く見えない。

「これならいい……」

恐怖も何も感じないで、いつの間にか落っこちているだろう。

中本はコートを脱いだ。柵を越えるのに邪魔だ。

少しも迷うことはなかった。これで何もかもけりがつく。

そう。――至って〈簡潔に〉人生を終らせることができるのだ。

俺にぴったりの終り方だ！

中本は柵に手をかけた。

すると、そのとき……。

「――何だ？」

目の前で、突然霧が晴れて来たのだ。

「そんな馬鹿な……」

奇妙だった。風もないのに、それも中本の目の前に、急に穴が開くように霧の向うの風景が見えたと思うと、そこから周囲へと、一気に視界が広がって行った。

呆然《ぼうぜん》と立ち尽くす中本の前に、広々とした山並と、美しい紅葉のカーペットが一杯に広がった。

――いつの間にか、藍が中本の横に立っていた。

「いかがですか」

と、藍は言った。「美しいでしょう」

中本は、ゆっくりと肯いた。

「ああ……。何てきれいなんだ……」

という言葉が中本の口からこぼれた。

そして、中本はいつしか泣いていた。涙が次々に溢《あふ》れて止らなかった。

「お父さん！」

と、声がした。

振り向いた中本は、駆けて来た勇を両腕で受け止め、抱きしめた。

「あなた……」

千津子がそばに立った。「死なないでね」

「ああ……。こんなに美しい世界があるのに、死ねるもんか」

中本は涙を拭うと、「さあ、どうだ？　三人で写真を撮るか」

「シャッターを切ります」

と言ったのは周子だった。

　――真由美が藍のそばへ来て、

「凄いね！　藍さんにこんな力があったなんて！」

「何のこと？」

「え？　だって――霧を晴らしたの、藍さんでしょ？」

「私にそんな力、ないわよ」

「じゃ……偶然なの？」

「そうじゃない。中本さんの力」

「まさか！」

「だから、中本さん、息子さんの授業参観のとき、突然『簡潔に！』なんて叫んでしまったし、記者会見の席上で、官房長官に向って叫んでしまったのよ。私は、中本さんにそういう力があると思ったから、手を出さなかった」

「でも、どうして霧を晴らしたの？　死のうとしてたんでしょ？」

「心の底では、『死にたくない』と思ってたはず。奥さんと息子さんを残して行きたくないと思っていたはずよ」

「それって、藍さんの賭けだったの？」

「まあそうね。でも、どんなに役目に忠実なお役人でも、美しいものを美しいと感じるはずよ」

客たちがゾロゾロと建物から出て来ると、

「まあ、よく晴れたわね！」

「本当、さっきの霧が嘘《うそ》みたい」

と、口々に言いながら、みごとな風景を眺めている。

「――やっぱり藍さんはすばらしいな！」

と、真由美が言った。

「すばらしいのは私じゃないわ」

と、藍は言った。「すばらしいのは、生きようとする力よ。――さ、私、コーヒー一杯飲んでくるわ。どう？」

「私、ミルクセーキ！」

と言って、真由美は藍と腕を組んだ。

悪魔は二度微笑む

1　おいしい話

吐く息が白くなった。

そろそろ春だというのに、早朝六時はまだまだ寒かった。

それでも辺りは少しずつ明るさを増し、空も灰色に変りつつあった。

「六時ちょうどに踏み込むぞ」

と、万田《まんだ》刑事は言った。

「はい」

万田のそばでじっと身を潜めている、若い八田《はった》刑事の声は緊張して、体もこわばっていた。

無理もない。——今、朝もやの中にぼんやりと浮かび上った山荘。

あの中に、万田たちがこの一年、追い続けて来た男がいるのだ。

中須啓一郎《なかすけいいちろう》。——冷酷な殺人者であり、チェロを弾く音楽ファンでもある。

頭の切れる男で、これまで万田が何度も追い詰めたが、その都度間一髪で逃走してしまっていた。

「――よし、行くぞ」

と、上着の下から拳銃を抜く。

山荘は二階建の立派な造りで、今、そこは数十人の警官隊が隙間なく取り囲んでいる。

上着のえりに付いた小型マイクに、

「行動開始」

と、ひと言。

足音を殺して、そっと山荘の玄関へ。

万田は周囲を見回した。

「――八田」

「はい」

「お前、外にいろ」

「え？　でも……」

八田が面食らっている。

「中須のことだ。どんな手で逃げるか分らない。もし外へ出て来たらお前が止めるんだ」

「分りました」

「いいか、危いと思ったら、ためらわずに撃て。奴《やつ》の方は人を殺すことなんか、何とも思っていない」

「はい」

八田はいささか緊張で青ざめていた。

「――よし、突入！」

万田のかけ声で、警官が玄関ドアの鍵の部分を破壊した。

万田たちは一斉に山荘の中へ飛び込んで行った。

「二階だ！」

と、万田が怒鳴るのが、外にいる八田にも聞こえて来た。

足音がいくつも聞こえる。

拳銃を手に、八田は汗がこめかみを伝い落ちていくのを感じていた。

刑事になって三年、こんな緊迫した状況に身を置くのは初めてだった。

山荘の中で銃声がして、八田は身構えた。

女の悲鳴が聞こえる。大方、中須と一緒に逃げていた女だろう。

この山荘のことが分ったのは、中須の愛人であるその女のおかげだった。といって、通報や密告があったわけではない。

女が、自分の母親に連絡したのを突き止めて、その母親から訊《き》き出したのである。

用心深かった中須も、女には甘かったということか。

すると——妙な音がした。

「何だ？」

と、八田は首をかしげた。

ギイ、ギイ……。きしむような音がしたのだ。どこから聞こえているのか、すぐには分らなかったが……。

八田は目を疑った。どう見ても、ただの外壁にしか見えない、その一部が、扉のように開いて来たのだ。——まさか！

そして、そこから男が一人、這《は》うようにして出て来た。

それが間違いなく、中須啓一郎本人だということは、一見して分った。しかし、八田にはあまりに意外なこの状況をどう考えていいのか分らなかった。

それでも反射的に拳銃を構えて、

「動くな！」

と、上ずった声で叫んだ。

「おや。こんな所にもいたのか」

ガウンをはおった中須は、八田を見て、むしろ面白がるように、「一人かい？　心細いだろうな、さぞかし」

誰か呼ばなくては。それは分っていたが、声が出て来ない。

「おい、若いの」

と、中須がニヤリと笑って、「震えてるじゃねえか。危いぜ。引金を引いたら、自分を撃っちまうかもしれないな」

「動くな！」

と言ったとたん、八田は引金を引いてしまった。

弾丸は見当違いの方へ飛んで行ったが、その銃声が、中にいた万田の耳にも入った。

そして――。

一体何があったのか。万田は玄関から飛び出して、八田を見た。

ガウンを着た中須が立っていた。八田までは、七、八メートルの距離があった。

「八田！　何してる！」

と、万田は叫んだ。

八田が、拳銃を自分のこめかみに当てていたのだ。

そして――八田は引金を引いた。

どうしてだ？　何があったんだ？

他の刑事たちも次々に出て来た。

「中須に手錠をかけろ！」

と、万田は言った。

中須は逆らう様子もなく、

「若いのに、気の毒だったな」

と、手錠をかけられて言った。

「中須……。八田に何をした？」

と、万田は言った。「どうして八田は自分を撃ったんだ！」

「さあな」

と、中須は肩をすくめて、「何かよほど悩みがあったんじゃないのか」

と言った……。


ケータイが鳴ったとき、〈すずめバス〉のバスガイド、町田藍はまだ深い眠りの中にいた。

「今日はお休みですよ……」

と、呟《つぶや》いて、ケータイが鳴るのに任せていたが、いつまでも鳴っているので、ついに諦めて手を伸し、ケータイをつかんだ。

社長の筒見《つつみ》からだ。

「——はい。町田です」

欠伸《あくび》しながら言うと、

「良かった！　出てくれた！」

「何ですか、社長？　今日は私、お休みですけど」

「分っとる！　しかしな、これは逃すわけにいかん、という仕事が入って来たんだ」

「でも——エミさんも良子《りょうこ》さんも空いてるんじゃないですか？」

要するに、今日は〈すずめバス〉のツアーが一つもないはずなのである。

「いや、これは君でなければ。休みなのは承知だが、そこを何とか頼む！　一生恩に着る！」

社長の一生なんて興味ありません、と言いたかったが、そこはグッとこらえて、

「何の仕事なんですか？」

と訊いた。

「やってくれるか！　ありがとう！」

「まだやるとも何とも——」

「簡単な仕事だ。ほんの数人の客を、三時間ほど乗せて行けばいい」

そんなに簡単な仕事なら、誰が担当したっていいはずだ。わざわざ藍に回して来たのには何か特別な事情があるとしか思えない。

「社長、はっきり言って下さい。バスに幽霊でも乗せて走れっていうんですか？」

「そんなことが……。まあ、いくらかそれに近いようだが」

「分りました。行きますよ。出発は？」

「今日の真夜中、午前零時だ」

ますますまともじゃない！

「私にも特別手当が付くんでしょうか」

と、わざと訊いてやると、

「もちろんだ。いつもの賃金に一割——いや一割二分上のせする」

ケチ！　と心の中だけで言った。

「ともかく、普段の料金の十倍も払ってくれるというんだ。これを逃す手はないだろ？」

確かに、いつも綱渡りの経営をしている〈すずめバス〉としてはありがたいだろう。

しかし、十倍も出すとは、よほど大変な仕事に違いない。

「では十一時に来てくれ。頼むぞ」

あれこれ訊かれたくないのだろう、筒見は切ってしまった。

「何ごとかしら……」

と呟いて、それでもやると言ったからには仕方ない。

シャワーを浴びて、身仕度を整え、部屋を出ようとすると、またケータイが鳴った。

「――もしもし？」

「〈すずめバス〉の町田藍さん？」

と、男性の声。

「そうですが」

「憶《おぼ》えてないだろうけど、あなたが〈はと〉にいたとき、グループ旅行で世話になった万田という者です」

「万田さん……。どちらの万田さんでしょうか？」

「あ、失礼。警視庁捜査一課の万田です」

「ああ！――憶えています。確かK温泉までご一緒して」

「そうです。いや、その節は。――それに今回はとんでもないことをお願いしてすみません」

「は？」

「あの――筒見さんから何も？」

「じゃ、今夜午前零時のツアーというのは、万田さんのご依頼ですか。内容は聞いてないんですけど……」

「そうですか。いや、僕を始め、腕ききが何人も一緒ですから。ご心配なく」

ますます心配になる！

「どんな仕事なんでしょう？」

と、藍は訊いた。

「実は、このほど、手配中だった殺人容疑者、中須啓一郎を逮捕したのですが」

「はあ」

「その中須を護送するんです。それにぜひ町田さんのバスを使いたいと思いまして」

「犯人の護送？」

藍は面食らって、「それなら、パトカーや護送車があるじゃありませんか」

「おっしゃる通りです」

「それを、わざわざ〈すずめバス〉で？　どうしてですか？」

「それは――町田さんの特別な能力が必要かもしれないからです」

どんどんやる気が失われていく藍だった……。

2　黒い夜

「やあ、ご苦労さん」

〈すずめバス〉の本社兼営業所に入って来たのは、ドライバーの君原だった。

「君原さんも呼び出されたの？」

と、藍は言った。

夜、十一時半になっていた。

午前零時に出るということだったから、万田刑事たちも、そろそろやって来るだろう。

藍は十一時前に来て、すでにバスガイドの制服に着替えていた。

「社長は？」

と、君原が訊く。

「私が来たときはもういなかったわ。机の上にメモが」

「何て書いてあった？」

「〈幸運を祈る〉ですって」

「やれやれ」

と、君原は苦笑した。

「聞いたでしょ、仕事のこと？」

「凶悪犯の護送だろ。でも、どうしてうちのバスを……」

「何だか、特別な犯人らしいの」

「そうか。――それで君に？」

「どうやらね。社長は、その中須って男の仲間が、この営業所かバスを襲ってくるかもしれない、って思い付いて、怖くなったみたいよ」

「それで帰っちゃったのか？　ひどい話だな！」

「ここは無事でも、途中で機関銃やバズーカ砲で待ち伏せしてるかもしれないわ」

「こっちは戦車じゃないんだぜ」

「でも——まあ、刑事さんが心配してるのは、そんなことじゃないみたい」

「じゃ、何だ？」

「さあ……。あ、パトカーだわ。みえたようね」

藍は表に出て行った。君原は、

「じゃ、僕はバスの調子を見てくるよ」

と、バスの方へと歩いて行った。

パトカーが続々とやって来る。

先頭の一台から降りて来た男を見て、藍は思い出した。

「万田さんですね。町田です」

「やあ、その節は」

万田刑事は、三十七、八といったところだろうか。ほっそりとして、身のこなしが鋭い感じだった。

「妙なことをお願いして申し訳ありません」

と、万田は言った。

「いえ、仕事ですから」

と、藍は言って、「その——『お客様』はどちらですか?」

「あの車です。一旦、ここで時間になるまで待たせて下さい」

その客は、パトカーを降りて来ると、腰を伸して、周囲を見回した。

落ちつき払っている。両手首の手錠がなければ、刑事の一人かと思っただろう。

そして、〈すずめバス〉の建物を見ると、

「何だ、ずいぶんボロだな」

と笑った。

「おい、中へ入れ」

と、刑事に促されて、中須は素直に歩き出した。

藍は、

「いらっしゃいませ」

と、頭を下げて、「お待ちしておりました」

「やあ、こりゃどうも」

中須は藍を見て足を止めると、「なかなか魅力的な護衛さんだ」

「恐れ入ります。私は〈すずめバス〉のバスガイド、町田藍と申します」

「ふむ。あんた、いい度胸をしてるようだ」

中須たちが中へ入って行くと、藍は万田へ、

「教えて下さい」

と言った。「一体何が問題なんですか？」

「それが……」

万田は辛《つら》そうに言った。「八田という若い部下を亡くしたんです」

「まあ」

「まだやっと二十代の後半になったばかりでした」

万田は、八田が死んだときの状況を話した。

「――ご自分で頭を？」

「そうなんです」

と、万田は肯《うなず》いて、「私はその光景を見ていました。止められなかったことは本当に悔しいです」

「でも、どうしてそんなことを……。何か悩みがあったとしても、その状況で自殺するなんて、奇妙ですね」

「ええ。中須が何か言ったにせよ、あの状況で若い刑事が自ら命を絶つなんて、とても考えられません」

「それで私をご指名だったんですね？」

「確かに。——町田さんのお力を借りたいと思いましてね」

「私に何ができるか分りませんが……」

と、藍は言って、「まだ十一時四十分ですが、もうこちらはいつでも。ドライバーもいますし、すぐ出発しては？」

「それがそうはいかないんです」

「どうしてですか？」

「規則でしてね。これから護送する先方の用意もあります」

「そんなことまで決っているんですか」

「何しろ、警察という所も役所ですからね」

と、万田は言った。

「適当に座っていていただくしか……。お茶も出せませんけど」

「いや、そんなお気づかいは無用です」

藍は、一番最後にやって来たパトカーから、警官が運び出している物を見て、目を疑った。

「万田さん、あれって……」

「ええ、チェロです」

それはどう見てもチェロのハードケースだったのだ。

「どうしてチェロを?」

「あれは中須のものなんですよ」

と、万田はちょっと渋い表情になって、「もちろん、普通ならあんな物は没収するんですが、中須がともかくこだわりましてね。我々も、チェロを一緒に運んで、中須がおとなしくなるのならというので……」

「腕前は?」

「いや、聞いたことがないので」

営業所の奥のソファに中須が座り、その両側を始め、刑事たちが取り囲んでいる。十人近い人数だ。

「万田さん、ありがとう」

と、中須は言った。「こいつがいないと、俺は生きていられないんだ」

隣に置かれたチェロのケースを、そっと撫《な》でている。

「向うへ着いたら、そうはいかないぞ」

と、万田は言った。「もちろん刑務所でもな」

「分ってるとも」

と、中須は言って、壁の時計へ目をやる。「零時に出かけるんだろ?——まだ十何分かある。なあ、万田さん」

「何だ？」

「何か短い曲を一曲だけでいい。最後に一曲だけ、こいつを弾かせてくれないか」

「甘えるのもいい加減にしろ」

と、万田は言った。「手錠を外させようっていうんだな」

「こんなに大勢、お巡りがいるんじゃないか」

と、中須は笑って、「そんなに俺に逃げられるのが怖いのか？」

「勝手にほざいてろ」

「じゃあ、そこのバスガイドさん」

藍はギクリとして、

「何かご用でしょうか」

「あんた、俺のチェロの腕前を知りたくないかね？　万田さんを説得してくれよ」

「私はただのバスガイドです。刑事さんのご判断に口を挟むなんてこと、できませんわ」

「残念だな。あんたは音楽の分る人だと見たがね」

「それとこれとは――」

そのとき、万田のケータイが鳴った。

「――もしもし、課長。――はい、今、〈すずめバス〉で、出発を待っているところです。──はい。問題ありません。──はあ、中須はおとなしくしています。チェロを弾かせろと言うので、とんでもない、と言ってやりました。──は？」

万田は意外そうな表情で、中須とチェロの方へ目をやった。

プロ並みとまではいかないものの、中須のチェロの腕前は、充分聞けるレベルだった。上司の、「それぐらいはいいだろう」という言葉で、結局中須は手錠を外され、一曲だけ弾いていいということになったのである。

藍の知らない曲だったが、じっと目を閉じた中須は、どこかもの哀しい、美しいメロディを奏でていた。

チェロの豊かな響きが、営業所の中に広がって行った。

万田はもちろんじっと中須をにらんで立っていた。

すると、そのとき、刑事の一人が、

「ウーッ！」

と呻《うめ》き声を上げてうずくまってしまった。

「どうした！」

万田はその刑事へ駆け寄って、同時に、「中須に手錠をかけろ！」と怒鳴った。

倒れた刑事は汗を浮かべて苦しがっている。

「――これはおそらく盲腸ですね」

と、藍は言った。「救急車を呼びましょう」

すぐ一一九番へかけた。

護衛の刑事が一人減るわけだが、仕方ない。
五、六分で救急車がやって来た。
しかし、この騒ぎで、午前零時は過ぎてしまった。

「――零時二十分か」

と、万田は腕時計を見て、「出かけよう。先方へは遅れると連絡しておく」

「気の毒だったな」

と、中須は言った。「俺のチェロが上手過ぎたかな」

「もうチェロは置いて行く。おい、みんな、行くぞ」

と、万田が言った。

藍は表で待っていた君原の所へ知らせに行った。

「分った。こっちはいつでも大丈夫」

と、君原は言った。「しかし、さっきはびっくりしたな。突然盲腸だなんて」

「そんなこともあるわよ」

——藍は、八田という若い刑事が、中須の目の前で自殺したことを考えていた。

中須に、何か人を操るような力があるのだろうか？

しかし、それは藍の感じる力では、捉えられなかった。——まさか、そばにいる人間を盲腸にさせる？

そんな馬鹿な！

中須がトイレに行って戻ると、刑事たちも順番にトイレに行った。

藍は、万田がトイレに行っている間、中須の近くに立っていた。

「あんたのことは知ってる」

と、中須が言った。「死んだ人間と話ができるって？」

「私は霊媒じゃありません」

と、藍は首を振って、「ただ、他の人より少し霊感が強いだけです」

「しかし、面白いな。万田の奴があんたをわざわざ呼んだんだろ？」

「私はただのバスガイドです」

「どうかな」

「——どういう意味ですか？」

「いや、あんたと俺は気が合いそうだな、と思ってね。そう思わないか？」

中須の目が藍の全身を探るように見ていた。

「思いません」

と、藍は言うと、戻って来た万田へ、「それじゃ、出発してよろしいですか？」

「ああ。——おい！　出発！」

バスに五人の刑事が乗り込み、残りはパトカー二台でバスの前後を走ることになった。

「——ではよろしく」

と、万田がバスの前方の席にかけて言った。

中須はバスのちょうど真中《まんなか》辺りの席に座り、手錠の一方は前の座席のパイプにつながれている。

「では、出発いたします」

と、藍が言って、ドライバーの君原へと肯いて見せた。

バスがちょっと身震いして、動き出した。前を一台のパトカーが先導するように、〈すずめバス〉の敷地から出ようとした。

そのとき——ブォーッとエンジンの音がして、猛スピードで走って来た車が、道へ出ようとしていたパトカーの横腹に、激突した。

誰もが息を呑《の》んだ。

パトカーと、ぶつかって来た車はたちまち火に包まれてしまった。

「バックして！」

と、藍が叫んだ。「火がこっちへ」

君原がバスをバックさせる。

「おい！ 中須から目を離すな！」

と、万田は二人の刑事に指示して、バスから飛び出して行った。

その間に、藍は救急車と消防車を呼んでいた。

「どうなってる！」

と、君原が言った。

「分らないわ」

万田は、燃えるパトカーから、刑事を助け出そうとしている。

「私も行ってくる」

と、藍は言った。

「僕も行こう」

と、君原は言ったが、

「だめ！ あなたはここに。バスを守って」

「分った。気を付けろ」

藍はガラスの飛び散ったのを踏んで、燃えている車の方へと近付いて行った。

「危いです！ 離れていて下さい！」

と、万田が怒鳴る。

「救急車と消防車を呼びました」

「ありがとう。しかし――どうなってるんだ！」

ぶつかって来た方の車では、運転していた人間はすっかり火に包まれてしまっている。

「万田さんも、けがを――」

「大したことはありません」

と、万田は言ったが、「二人は中に。とても引張り出せなかった……」

「他のお二人もひどいですね。――あ、サイレンが」

「町田さん」

と、万田は言った。「どうなんです？　これも奴のしわざでしょうか？」

「私には何とも……」

としか言えなかった。

「こうなったら、一刻も早く……」

「でも、ここが燃える車でふさがれていては、バスが道へ出られません」

「――そうか！　畜生！」

まだ二台の車は激しく燃えていた。

救急車と消防車が、続々とやって来た。

3　境界

「どうなってるんだ！」

万田が拳《こぶし》を固く握りしめて言った。「こんな馬鹿なことが……」

「万田さん」

と、町田藍は、穏やかに声をかけた。「怒りで我を忘れていると、物事を冷静に眺められなくなりますよ」

万田は大きく息を吐いて、

「確かに。――いや、申し訳ないです」

護送の責任者としては、無理もない。

パトカーが他の車に激突されて、炎上。現場は悲惨だった。

消防車が何台もやって来て、やっと火は消えつつあった。

「しかし、これで、八田の他にも刑事が一人死に、二人は重傷……」

出発はさらに遅れ、中須は〈すずめバス〉の営業所の中に、一旦戻っていた。

「しかも、一人は盲腸で入院と来てる」

と、万田は首を振って、「中須の奴、呪いをかける能力を持ってるんですかね？」

「そんな風に考えては、あの人の狙い通りという気がします」

と、藍は言った。「焦らないことですね。この営業所で一晩明かしたっていいんですから」

「そうですね……」

「盲腸になった方は、たまたま緊張していたせいかもしれません。むしろ、パトカーにぶつかって来た車のことを知りたいと思います。運転していたのは誰だったのか」

「なるほど、確かにそうだ。――車の持主から調べてみましょう」

万田はケータイを取り出して、連絡を入れた。

「――どうするんだ？」

と、バスから降りて来て、君原が言った。

「出発が遅れる、っていうことよ」

と、藍は言った。

「そいつは分ってるけど」

「冷静になりましょう」

と、藍は言って、「営業所に入って。私、コーヒーでもいれるわ」

実際、藍は営業所の社長の戸棚を開けると、中からコーヒー豆とミルを取り出した。

豆を挽《ひ》くと、営業所の中にコーヒーの香りが広がった。

「――どうぞ」

藍は万田に初めの一杯を出した。

「ありがとう。――何だか神経が鎮まる気がしますよ」

「それでいいんですよ」

刑事たちの後、中須にもコーヒーを出す。

「こいつはどうも」

と、中須はニヤリと笑って、「いや、さすがに大した人だね。こんなときに、落ちついていられるとは」

「私にとっては仕事ですから」

と、藍は言った。「あなたは運ぶ荷物です」

「なるほど」

中須は、ちょっと冷ややかな目で藍を見た。

「――はい、どうぞ」

と、コーヒーを君原にも出し、「私もいただくわ」

と、マグカップで飲んだ。

「ちょっと豆が古かったかしら……」

それを聞いて、万田が感心したように、

「町田さんには、ぜひうちの課に来ていただきたいですね」

と言った。

「万田さん」

藍はコーヒーを飲みながら、万田を促して表に出ると、

「――あの中須を奪いに、誰かがここを襲うようなことが？」

「いや、奴はそういうタイプじゃないのです」

と、万田は言った。「それなら、もっと武装した者を用意するのですが」

「そうですか」

「何か気になることが？」

「いえ……。それなら、いつもの仕事をさせていただこうかと思いまして」

と、藍は言った。


「もしもし……」

眠そうな声がケータイの向うから聞こえて来た。「藍さん？」

「ごめんね、こんな夜中に」

と、藍は言った。

「ちっとも。藍さんの用なら何時だって。――どうかしたの?」

相手は、〈すずめバス〉のお得意様で、藍の個人的な「ファン」でもある、遠藤真由美だ。十七歳の女子高校生。

どんなアイドルより、〈幽霊〉が好き、という変った女の子である。

「今夜、とても変ったツアーをやってるの」

と、藍が言ったとたん、向うはパッと目が覚めたようで、

「何? ね、どんなツアー?」

たぶん、ベッドからはね起きているだろう。

「殺人犯を護送するんだけど、何だかふしぎなことばかり起ってるのよ。こんなこと、たぶん二度とないと思ってね。電話してみたの」

「すぐ行く! どこに行けばいいの?」

真由美の声が一オクターブ高くなった。

「いつもの営業所。でも、ご両親にちゃんと許可してもらってからね」

「もう二人ともぐっすり寝てるわ。後で報告するから。じゃ、四十分で行く!」

そう言って、真由美は切ってしまった。

そばで聞いていた君原が、

「どうしようっていうんだ?」

と、目を丸くしている。

「いつもの仕事よ」

と、藍は言った。「〈すずめバス〉のツアーのお知らせ」

藍は、他にも電話をかけ続けた。

相手は〈幽霊と出会うツアー〉に、必ず参加する熱心なファンたちである。

「こんな遅い時間に申し訳ありません。ではお待ちしております」

と、藍は言って切ると、「――これで十二人」

「みんな来るって？　今から？」

「ええ。そういうお客様にしかかけていないもの」

「大丈夫なのか？　社長にひと言――」

と、君原は言いかけて、「どうせ、かけても出ないよな」

「社長は私がツアーをやってればご機嫌だもの。大丈夫よ」

と、藍は言った。「あと一時間したら、たぶん出ると思うわ。バスの方の点検を抜かりなくね」

「分ってるとも」

君原は肯くと、バスの方へ戻って行った。

藍は、営業所の中へ入って行くと、中須の前に立って、

「〈すずめバス〉のバスガイドとして、この貴重な機会を逃したくないと思いましたので、これからお客様が何人か来られて、同行されます。ご承知おき下さい」

と言った。

中須もさすがに面食らったようで、

「俺と一緒に？　正気か？」

「もちろんです。それで、お願いなのですが」

「何だ？」

「お客様がみえましたら、ぜひ、チェロを一曲、弾いてあげていただきたいのです」

中須は唖然《あぜん》としていたが、やがて笑うと、

「あんたは全くユニークな女だな！」

と言った。「よし。せっかくの頼みだ。チェロの腕を、その客たちに聞いてもらおう」

「よろしくお願いします」

と、藍は微笑《ほほえ》んで、「申し訳ありませんが、ギャラはお支払いできません」

すると、そこへ、

「藍さん！」

と、元気な声がして、遠藤真由美が営業所へ駆け込んで来た。

「早いのね！　まだ三十分もたってないわよ」

「急いで駆けつけなきゃ！　藍さんの大ファンとして、一番乗りは譲れないもの」

「一番よ、間違いなく」

と、藍は言って、「紹介するわね。こちらが、今夜護送する中須啓一郎さん」

「へえ！　こちらが殺人犯さんなのね？　結構普通の人っぽい」

中須が呆気《あつけ》に取られて真由美を見ている。

「あ、藍さん、コーヒーいれた？」

「ええ。飲む？」

「うん！　眠気は充分さめてるけどね」

「他のお客様もみえるから、いれておきましょうね」

藍が、もう一度コーヒー豆を取り出して挽いていると、万田がやって来た。

「町田さん……」

「ご心配は分ります」

と、藍は言った。「でも、考えがあってのことなんです」

「そうですか。では……」

「上司には報告されない方がいいかもしれませんね」

藍の言葉に、万田は苦笑して、

「町田さんに指揮していただいた方が良さそうですね」

と言った……。

「やあ、どうも！」

「楽しみだね！」

次々に〈すずめバス〉の営業所へやって来る常連客たちは、夜中だというのに、元気一杯だった。

「いらっしゃいませ」

藍は一人一人を出迎えて、「奥にコーヒーを用意しております」

「さすが藍さん！」

「呼んでくれて嬉《うれ》しかったよ！」

その様子に、中須もさすがに目を疑っているようだった。

「一体何人来るんだ？」

と、藍に訊く。

「十二人の予定です」

と、藍は答えた。「あとお二人みえれば、それで全員……」

「どういう商売をしてるんだ、このバス会社は？」

「弱小企業ですので、色々工夫しないと、生き残れないのです。――あ！　いらっしゃいませ！」

二人の客がやって来て、ツアーの客は揃《そろ》った。

藍は、みんなにコーヒーを出しておいて、万田と表に出ると、

「――この後、チェロを一曲弾いてもらってから出発しましょう」

と言った。

「分りました」

万田も、今さら何も言えないのだろう。

「あの車のこと、何か分りましたか？」

と、藍は訊いた。

「パトカーにぶつかって来た車ですね。あの車を運転していた人物の身許《みもと》は確認できていませんが、車は、中須の愛人だった女のものです。おそらく運転していたのも、その女でしょう。遺体がひどい状態なので、DNA鑑定しないと明確ではありませんが」

「そうですか。中須の居場所が分ったのは、その女性のおかげだと聞いていますが」

「そうなんです。もちろん当人は中須に申し訳ないと思っていたようですが」

「問題はそういうことなのかもしれませんね」

「どういう意味です？」

「いいえ。――ともかく、バスが出られるようにしていただけますか？」

「もうじき、車をどけられるはずです」

「よろしくお願いします。では……」

――中須は、ツアーの客たちを前に、チェロを演奏した。

客たちは、もちろん中須が殺人犯だと知っているが、弾き終ると、熱心に拍手した。

「なかなかいい曲だね」

という声もあったが、真由美は、

「ヨーヨー・マのチェロのような温かさが感じられない」

と、批評した……。

「では、お待たせいたしました」

と、藍が言った。「出発いたしましょう。〈すずめバスツアー〉のお客様に、先にご乗車いただきます」

営業所の前にバスがつけられていた。

「ではどうぞ」

と、藍は乗降口の所で案内した。

「藍さん、どこに座ればいい?」

と、真由美が訊く。

「どこでも」

と、藍は即座に答えた。「できるだけ散らばって。もちろん、他のお客様とおしゃべりしててもいいのよ」

「分った！」

張り切って、真由美は真先《まつさき》に乗り込んで行った……。

4　乱れる

「間もなく、東京タワーの下を通って参ります。もちろん夜中ですので、展望台に上っていただくわけにはいきませんが」

と、藍がマイクを手に言った。

「いいね！　寝静まった東京ってのも、あんまり見ないからな」

「その辺を幽霊が歩いてるかもしれないよ」

「あ、今、何か白いものが！」

と、真由美がはしゃいだ声を上げる。

万田を始め、刑事たちも半ば呆気に取られているばかりだった。

「藍さん！　何か歌って！」

と、真由美が言った。

「ちょっと、いくら何でも——」

「いいね！　藍さんの歌声を聞く機会はめったにない」

ワーッとツアー客たちが拍手する。

「待って下さいよ」

と、藍は苦笑して、「いくら何でも〈東京のバスガール〉ってわけにいかないでしょ」

「私の生まれるずーっと前の歌ね」

と、真由美が言った。「それでもいいわ。藍さん、歌って！」

「いやですよ」

「あ、サービス精神が足りない」

「そうじゃありません」

「じゃ、何なの？」

「〈東京のバスガール〉は歌いません。私は〈世界のバスガール〉ですから！」

藍の言葉に、ツアーの客たちがワッと笑った。——にぎやかなツアーだった。

「全く、何てことだ」

と、中須が苛立《いらだ》った様子で言った。

「何かお気に召しませんか」

と、藍は訊いた。

「俺はな、これから監獄へ入れられるんだぞ。ちっとは同情しろ」

「意外ですね」

「何がだ？」

「同情を求める？　それなら、あなたの前で自分の頭に銃弾を撃ち込んで死んだ、八田刑事さんの方が、よほど気の毒じゃありませんか」

と、藍は言った。

「俺のせいだと言うのか」

と、中須は唇を歪《ゆが》めて笑うと、「奴は勝手に死んだんだ」

「確かに」

と、藍は肯いて、「あなたは人を後悔させる、ふしぎな力を持っています。あのチェロの曲にしても、哀しげで、ふと死んだ誰かをしのびたくなる雰囲気があります」

「――本当です」

と言ったのは万田だった。「私はあの曲を聞いているとき、死んだ八田を思い出していました……」

「そして、後悔していませんでしたか？」

と、藍は訊いた。「あのとき、彼を一人で残すのではなかった、と」

万田が藍をまじまじと見つめた。

「その通りです。あんな若くて経験の浅い八田を一人で置いて行ってしまった、と……」

「八田さんの死は自分のせいだと、自らを責めたでしょう」

「おっしゃる通り。俺が八田を殺したようなものだと……」

と、万田は顔を伏せた。

「やっと分ったのか」

と、中須はせせら笑った。「自分で自分を罰するがいい！　俺のことを悪者にしてきたのは間違いだったんだ！」

「それは――」

「償いだ！　俺を解放して、自分の罪を償え」

と、中須は万田を指さすと、「そうすれば、お前の心は救われるんだ！　この先の長い人生、ずっと『俺は生きていてはいけなかった』と自分を責め続けていなくても済むんだ」

「やめてくれ！」

と、万田が頭を抱える。

藍が静かに言った。

「あの女の人にも、あなたは同じように、自分を責めるように仕向けたんですね」

「当り前だ。あいつのせいで、俺は逮捕されるはめになったんだからな」

「逃げるとき、あなたは彼女に指示を出した。命がけで、俺を守れと」

と、藍は言った。

「でも、藍さん」

と、真由美が言った。「私、何も後悔してないけど」

「そう?」

「だって、この人のチェロ、下手なんだもの」

と、真由美は言った。「ヨーヨー・マのチェロみたいに、心に訴えて来ないわ。ところどころ、音程怪しいし」

「何だと?」

中須が真由美をにらんだ。

「だって、本当だもん」

と、真由美は肩をすくめて、「もっと練習しなきゃ」

「その通り」

と、藍は言った。「しょせん、あなたの力は中途半端なんですよ。だから私はこうしてツアーを組むことにしたんです。あなたの力は、このお客様たちにかき乱されて、人を追い込むだけの強さを失ってるんです」

「分ったようなこと言いやがって!」

と、中須が言った。「見ろ！　その刑事は自分を責めてるじゃねえか！」

「そうだとも！」

万田がパッと顔を上げて、「責めているさ。ただし、自分じゃなくて、お前をな」

「万田さん、名演技でした」

と、藍は言った。

「いや、しかし、この男を責めてやる気にはなりましたよ」

と言うと、万田は拳銃を抜いた。

これには藍がびっくりして、

「万田さん、こんな所で、どうしたんです？」

「こらえ切れなくなったんです」

万田の目はギラついていた。「こんな男のせいで、若い、将来のある人間が死んだのかと思うと……」

他の刑事たちが呆気に取られている。

「万田さん、お気持は分ります」

と、藍はなだめるように、「でも、あなたは刑事なんですよ。いくら凶悪犯でも、銃を抜いて脅かすのはまずいんじゃないでしょうか」

「脅かす？」

と、万田は言った。「とんでもない！　脅かすつもりなんかありません」

「でも――」

「脅かしたりはしません」

と、万田はくり返して、「射殺するんです」

中須が青ざめた。

「おい！　悪ふざけもいい加減にしろ」

「ふざけてるだと？　ふざけてるかどうか、すぐ分るぞ」

万田は銃口を中須の顔へと真直《まっす》ぐに向けた。

「万田さん、まずいですよ――」

と、部下の刑事がたまりかねて言うと、

「引っ込んでろ！」

と、万田は銃口を他の刑事たちの方へ向けて、「みんな座ってるんだ！」

「あの、万田さん……」

藍が言いかけると、

「黙っててくれ！」

と、万田は上ずった声で怒鳴った。「邪魔すれば、あんただって容赦しない」

「いえ……その……お邪魔はいたしませんです、はい」

と、藍は近くの席に座った。

「おい、どういうつもりだ！」

中須は座席から立とうとしたが、手錠が前の座席のパイプにつながれている。

「誰か止めろ！　こいつ――どうかしちまってるぞ」

と、中須が叫んだ。

「ああ、どうかしてるとも。お前のおかげで、あのときの――八田が自分で命を絶ったときの悔しさがよみがえって来たんだ！」

万田は銃口を中須の頭に押し当てた。

「やめてくれ！」

中須がガタガタ震えて、「悪かった！　謝る！　撃たないでくれ！」

「刑事としちゃ、こんなことしちゃいけないのは分ってる。しかしな、あのチェロの曲のおかげで、思い出したんだ。俺は刑事である前に人間だったってことをな」

万田は涙ぐんで、「貴様、八田に何を言ったんだ！」

「あいつは……震えてたんだ。俺を撃つなんて、できっこない。だから言ってやった。俺を逃がして、お前は一生後悔し続ける。申し訳なくて死にたくなるぞ、って……」

「貴様……。真面目に生きてた若者の心をもてあそびやがって！　許さん！」

「頼む。――おい、誰かこいつを止めてくれ！」

「もう無理ですよ」

と、真由美が言った。「その人、本気ですもん。ね、このツアー、幽霊の大好きな人たちなんです。観念して、死んだら幽霊になって出て下さいよ」

「冗談じゃねえ！　人のことだと思って！」

「そうとも」

と、万田は言った。「誰もお前のことを自分のことのように思っちゃくれないんだ」

「な、お願いだ……」

「怖いか？　それなら目をつぶってろ！」

万田が引金を引いた。

カチッと音がして——中須はそのまま床にズルズル落ちて行った。

藍がしゃがみ込んで、中須の手首を取ると、

「——失神してます」

と言った。

「そうですか」

万田は息をついて、「せめて空包にしておきゃ良かった」

「そんな近くで撃ったら、空包でも火傷《やけど》しますよ」

藍は立ち上って、「万田さん、今、半分は——いえ半分以上、本気でしたね」

「ええ」

と、万田は肯いた。「おっしゃった通り、弾丸を抜いておいて良かった。もし実弾が入っていたら、本当に撃っていたかもしれません」

「なあんだ」

と、真由美が言った。「お芝居だったの？　でも、迫力あった！」

「頼んだわけじゃないの」

と、藍は言った。「でも、中須に、どうしても後悔させてやりたいって万田さんがおっしゃるので」

「今の中須を、八田に見せてやりたかったですよ」

と、万田は言って、拳銃をしまった。

すると——バスの中の照明が消えて、またすぐに点《つ》いた。そしてまた消えて——。

点滅は三回くり返された。

「——何だか、今のって、その亡くなった人からのメッセージみたい」

と、真由美が言った。

「本当だ」

と、万田が言った。「町田さん……」

「私の力じゃないですよ、もしそうだとしても」

「藍さんの力よ！」

と、真由美は言った。「絶対にそう！　ね、皆さん！」

ツアー客から、それに刑事たちからも拍手が起った。

藍も、あえてそれ以上否定はしなかった……。


中須は無言で、すっかり元気を失ってバスから降りて連行されて行った。

万田は一旦振り返って、藍に頭を下げて行った。

ツアー客だけが残ったバスは〈すずめバス〉の営業所へと向った。

「——今夜はありがとうございました」

と、藍は言った。「幽霊は出ませんでしたが……」

「いや、あれで充分。なあ？」

「本当よ！　ドラマチックな場面も見られたし」

——いいお客様に恵まれている。

これは小さなバス会社にとって、何よりありがたいことである。

「いかがですか」

と、藍は言った。「深夜まで開いてるお店があります。みんなで、ラーメン食べませんか？〈すずめバス〉のおごりです！」

一斉に拍手が起った。

――今ごろ社長、クシャミしてるかしら、と藍は思った。

夜ごとの才女

1　お告げ

その場には緊張感が漲《みなぎ》っていた。

「――私の告白は、以上です」

広間に集まった人々を見回して言ったのは、ブレザーの制服姿の女子高校生だった。

「ひとみちゃん、あなたは――」

「お母さん、何も言わないで!」

と、少女は遮って、「私の言った通りなの」

重苦しい沈黙。

そして、広間のドアが静かに開いた。

コートをはおり、ソフト帽を目深にかぶった男が入って来ると、

「何もかも聞かせていただきましたよ」

と、一同を見回して、「ことに、ひとみちゃんの告白には胸を打たれました! さすがは、名門……」

と言ったきり、セリフが途切れた。

ややあって、

「カット！」

と、苛立《いらだ》った声がセットに響き渡った。「おい、武井《たけい》君、何度同じところでつっかえるんだ！」

あーあ、という声が、セットに居合せたキャストから同時にコーラスとなって上った。

「すみません」

武井は帽子を取って、「監督、今のセリフを、この帽子の中に入れといちゃいけませんか？　これを取って入ってくる……」

「帽子を見ながらしゃべるのか？　おかしいだろ！」

「はあ……」

「せっかく、エミリがあの長ゼリフをこなしてるのに、君は……」

と、監督の黒滝《くろたき》が言いかけると、

「いえ、監督」

と、女子高校生役の河田《かわた》エミリが言った。「私、今のセリフ、途中でちょっと息継ぎが……。不自然だったと思ってたんです。もう一度やらせて下さい」

何となく、セットの中が静まり返った。

十七歳の少女が、ベテランの武井を気づかって言っている、と聞こえたのである。

いや、おそらくそうなのだろう。しかし、それはむしろ武井にとっては屈辱的な事態だった。

「――分った」

と、黒滝は言った。「よし、もう一度今のカットの頭からだ」

ホッとした空気が流れて、出演者がそれぞれ元の位置に戻る。

「汗を拭きます」

メイクの女性がセットに上って、河田エミリの顔の汗を拭く。

武井は、無言でセットのドアの外へと出て行った。

「――よし。いいか？　作品のクライマックスになるカットだ。頼むぞ」

黒滝の口調には、隠しようもなく、苛立ちがにじみ出ていた。

撮影スケジュールが大幅に遅れている。それは監督のせいでも、武井栄治《えいじ》のせいでもなく、悪天候で何度もロケが中止になっていたからだった。

しかし、プロデューサーや、出資しているスポンサーは天気のことなど知らない。スケジュールが遅れることで、製作費がかさむのだけを心配しているのだ。

「じゃ、本番行くぞ。――用意、スタート！」

黒滝の声がセットに響く。

短いやりとりがあって、

「待って!」

と、エミリが鋭い声で割って入る。「待って下さい。——お話しすることがあるんです」

河田エミリ、十七歳。すでに十年を超えるキャリアの持主。

子役で有名になると、大人の役者として大成しないと言われている。しかし河田エミリが、まれな例外であることは、世間一般に広く認められていた。

映画やTVだけではなく、舞台でもベテランを相手に堂々とした芝居をする。

「声がよく通るし、滑舌がいいわ」

と、共演した大女優が舌を巻くほどだった。

「——私の言った通りなの」

と、エミリが言って、支えを求めるように椅子の背につかまる。

そして——ドアが静かに開くと、武井が入って来て……。

次の瞬間、武井はカーペットの端につまずいて、前のめりに転んでしまったのだった……。

なぜか武井は一人で、何もない部屋にいた。椅子が一つ置かれているだけで、そこに

座っていたのだが、

「――どうしたんだ、俺は？」

と、武井は呟《つぶや》いた。

いつ、どうしてここへ来たのか、憶《おぼ》えていない。しかも、ここがどこなのか分らない。

首をかしげていると、ドアが開いて、監督の黒滝が入って来た。

「ああ、監督が呼んだんですか」

と、武井は言った。「どうかしましたか？」

黒滝は苦虫をかみつぶしたような顔で、

「色々話し合った」

と言った。「結論から言うと、刑事役は君にやってもらうことになった」

武井は面食らって、

「監督、何を言ってるんです？　そんなこと、決ってるじゃないですか。もうその役で、撮影が進んでますよ」

監督も少しボケて来たかな？――武井はそう思った。

しかし、黒滝は、武井の言葉を全く聞いていなかったようで、

「いいか。よく憶えとけ。君を役から降ろすべきだというのが、ほとんどのスタッフ、

キャストの意見だった。しかし、エミリが、――河田エミリが、『武井さんのようなベテラン役者を降ろすなんて、可哀《かわい》そうです』と主張したんだ。『私なら、何度でも同じシーンをやり直しますから、武井さんを降ろさないであげて下さい』とまで言った」

黒滝は首を振って、「いや、全くあれは大した子だ。いいかね、君はエミリに感謝しなきゃいかんぞ」

エミリに感謝だって？　あんな小娘に？　冗談じゃない！

俺のような大ベテランの何が分る！

よし、今度はあいつをギャフンと言わせてやる！

すると――いつの間にか、武井はセットの中に立っていた。

殺人を告白したエミリを、刑事の武井が取り調べる場面だ。

取調室のセットは、机一つと椅子が二つあるだけのシンプルなもので、一方の椅子に、エミリが真直《まっす》ぐに背筋を伸して座っていた。

「いいか、お前の告白がでたらめだってことは、俺にはお見通しなんだ」

と、武井が言うと、エミリは武井を冷ややかに見て、

「私が犯人なんです」

と言った。

「そうか。それなら教えてくれ。お前はどうして富士山に登って手を洗って来たん

だ?」

　え?——何だ?　俺は何を言ってる?

「おい、武井!」

　と、黒滝の声がした。「何を言ってるんだ?　セリフは『藤田《ふじた》さんを殺してから手洗に寄ったんだ』だろ!」

　セットの中に笑い声が響いた。

「うるさい!」

　と、武井が怒鳴ると、エミリが、

「責めちゃ可哀そうですよ。この人には才能がないんですから」

　と言った。

「何だって?」

「才能がないのに、こうやって何十年も役者をやってるんですもの。それって大したことですよ」

　武井は青ざめて、

「お前、俺のことを馬鹿にするのか!　大先輩の俺を」

「でも本当に下手なんですもの」

　と言って、エミリは笑った。

「何だと……」

セットに拍手と笑い声が溢《あふ》れた。

「お前、自分が天才だと言われていい気になってるな?」

「私、天才ですもの。本当のことです」

「そうか!」

武井は両手をエミリの細い首にかけた。

「こうしてやる! お前みたいな奴《やつ》は、死ねばいいんだ!」

武井はエミリの首を絞めた。しかし、エミリは一向に苦しがるでもなく、ニコニコ笑っている。

「どうなってるんだ!」

と、武井が叫ぶと、

「女の子一人、殺すこともできないの」

と、エミリが軽蔑するように言った。

「何だと! 殺してやる! 殺してやる! 殺して……」

「だめだ!」

と叫ぶように言って、武井は起き上った。

そして、ベッドに一人で寝ている自分に気が付くと、大きく息を吐き出した。ひどく汗をかいていた……。

「夢だ。——夢だったんだ」

と、自分へ言い聞かせるように言ってから、ベッドから出ようとして、気付いた。

左手に、ネクタイが巻きついていた。

どうしたんだ？　こんな物を……。

それはまるで、誰かの首を絞めようとしていたかのようだった。

「——まさか」

俺は本気で、あの子を——河田エミリを殺そうと思ったのか？

そんなことが……。

2　夢の恐怖

「武井さん、どうもその節はお世話になりました」

と、〈すずめバス〉のバスガイド、町田藍は立ち上って言った。

「やあ、どうも……」

武井は無理に笑顔を作ったようだった。

「待たせてすまなかったね」

武井は、町田藍との約束の時間に、二十分遅れていた。

「いいえ、とんでもない。おかげさまで、ここのおいしいコーヒーを二杯、いただけましたわ」

武井は、町田藍を〈ホテルN〉のラウンジに呼び出していた。

平日の午後で、ラウンジも客の姿は少なかった。

「今、新作映画の撮影中と伺いました」

と、藍が言った。「お忙しいですね」

「まあね。——あ、僕もコーヒーね」

と、オーダーしておいて、「わざわざ来てもらったんだが、仕事の話じゃないんだ。せっかく時間を取ってもらってすまないが」

「何か私でお役に立つようなことがありましたら……」

——半年ほど前、藍の勤める〈すずめバス〉を、武井が利用したのがきっかけだった。

出演していたTVドラマの打上げで、バスを借り切っての小旅行だったのだが、スタッフの一人が藍の「特殊能力」を知っていて、ツアーの間に色々しゃべらせたのである。

「いや、君に笑われるかもしれないんだが……」

「お話しいただかないと、笑うこともできません」

「そうだな」

武井はコーヒーをゆっくり二口、三口飲むと、「実は、十七歳の女の子を殺してしまいそうなんだよ」

藍は別にびっくりした風でもなく、

「殺したいほど夢中なんですか？」

と訊《き》いた。

「いや、実はもう何度も殺してるんだ。夢の中で」

「十七歳というと、高校生ですね」

「誰でも知ってる女子高校生さ。河田エミリだ」

「ああ、よくCMで見ますね。十七歳とは思えない、落ちつき払った感じの……」

「うん。あの子をね。このところ毎晩のように夢で殺してるんだ」

藍はちょっと考えて、

「夢の中なら、何をしようと問題じゃないと思いますが」

と言った。「私は心理学者じゃないので、夢を分析することはできません」

「もちろん分ってる。だが――」

と言いかけて、「実は今、撮っている映画で、僕は河田エミリと共演してるんだ」

武井は、撮影のとき、NGをくり返してもエミリがいやな顔ひとつしないで付合ってくれている話をした。

「一度そんなことがあると、エミリと一緒のシーンだと思うだけで、不安になって来てね。僕はもう四十八だ。役者として三十年近くやって来て、決してセリフ憶えが悪いわけじゃないのに、エミリの前だと、やたらセリフを忘れたり、間違えたりするんだ」

武井が夢の話をすると、藍は、

「実際のエミリちゃんは、そんな風に武井さんを小馬鹿にしたり――」

「しないよ。あの子は本当によくできた子なんだ。もちろん、気をつかわれて、傷つくことは否定しない。だが、それを負担に感じさせるほどではない」

「年齢《とし》のわりに老けてるとか、噂《うわさ》を聞きますが――」

「あれは面白おかしく言ってるだけで。本当の彼女は――」

と言いかけた武井へ、

「あ、武井さん!」

と、声をかけて来たのは――何と、当の河田エミリだったのである。

武井もびっくりして、

「やあ……。どうしてここに?」

「私、これからインタビューがあって」

と、エミリは言うと、藍のことを見てから、「お邪魔しちゃったのかな、私。大丈夫！　誰にも言わないから」

「おい、そうじゃないよ」

「誰にも言わない！　十人以上の友達には」

そう言って、エミリは明るく笑った。

それはいかにも十七歳の少女の笑いだった。

「こちらはね、〈幽霊と話のできるバスガイド〉として有名な――」

「え？　町田藍さん？」

と、エミリは目を丸くして、「ウソ！」

「〈すずめバス〉の町田藍です。よろしく」

と、藍が名刺を渡すと、

「凄《すご》い！　みんなに自慢しなきゃ」

「ちょうど今、武井さんとあなたの噂を……」

「本当に？　武井さん、私のこと、『小生意気なガキ』だとか言ってたんでしょ」

と、武井をにらむ。

「そんなわけないだろ、この天才少女を」

「そういう嫌味を言うなら、今度セリフを間違えても助けてあげないから！」

と言って、「あ、取材の人だ。それじゃ、また」

と行きかけて、エミリは一瞬振り返った。

武井は、苦笑して、

「やれやれ、かなわないよ」

と言った。

「分ります」

と、藍が言った。

「分るって、何が？」

「武井さんが惚《ほ》れるのも分るってことです」

「僕が惚れてる？」

「おそらく」

しかし、藍が気になっていたのは、武井の夢のことより、行きかけて一瞬振り返ったエミリの眼だった。

その眼は、藍に訴えているかのようだった。

「助けて！」

と……。

「悪いわね、こんな時間に」

と、藍は言った。

「全然大丈夫！」

夜の十一時過ぎだというのに、元気一杯なのは、〈すずめバス〉きっての「お得意様」、遠藤真由美。

〈幽霊大好き〉の十七歳である。

「うちじゃ、藍さんの信頼度は抜群なの」

と、真由美は言った。

「ありがたいわね」

「で、今夜は誰と会うことになってるの？」

藍は、真由美をホテルのバーに連れて来ていた。

いや、正確には真由美に藍がついて来た、と言うべきだろう。

「お嬢様」の真由美は、いつも父親が利用している高級ホテルのバーにも「顔」が利くのである。

「私に電話して来たの。会って話したい、ってね」

と、藍は言った。「あなたと同じ十七歳の女の子よ」

「私の知ってる子？」

「たぶんね。でも、向うは真由美ちゃんのことを知らない」

「へえ」

真由美がリンゴジュースを飲んでいると、

「――おみえでございます」

と、バーのマネージャーがやって来た。

その後ろについて来たのは……。

「あ……」

と、真由美が目を丸くした。「――本物?」

「ええ。本物の河田エミリちゃんよ」

と、藍は言った。

「――町田藍さんのことは、前から週刊誌の記事とかで知っていて」

と、エミリは言った。「一度会ってみたいって、ずっと思ってたの」

「私は、藍さんの親友」

と、真由美が得意げに言った。

「たまたまお会いして、もらった名刺に、ケータイ番号が入ってたので、思い切ってかけたの」

と、エミリは言った。「仕事が終って、マネージャーさんと別れると、どうしてもこんな時間になってしまって」

「夜ふかしは得意だから、大丈夫」

「この真由美ちゃんには何を話しても大丈夫よ。エミリちゃんも、同じ年齢の真由美ちゃんがいた方が話しやすいかと思ったの」

「年齢は同じでも、エミリちゃんは有名人だし、大人だし、大分違うけどね」

と、真由美が言うと、

「そういう『エミリちゃん』は、ここでは忘れて。当り前の十七歳として話したいことがあるんでしょ？」

「ええ」

と、エミリは紅茶にミルクを入れながら、「今、悩んでることがあって……。藍さんに聞いてほしいと思ったの」

「焦らなくていいからね」

と、藍は言った。「ゆったり寛《くつろ》いで。——何の遠慮もいらないから」

「本当ね」

と、エミリは深く呼吸すると、「こんな風に楽な気持になれることって、ほとんどないの……」

そして、エミリは続けた。

「ときどき、大人の人に言われる。そうして無理にいい子でいるのは大変でしょ、って。

でも、それは違う」

と、首を振って、「私、別に無理してないの。はたからは、『いい子ぶってる』とか、『隙を見せない』とか言われてて、それは分ってる。でも、そうじゃない」

「そうね。あなたを見ていても、少しも張りつめた感じではないわ」

「ええ、自分のやりたいようにやってるだけ。それがたまたま、他の人には、大人びて見えるのね」

「それだけでも凄いけどね」

と、真由美が言った。「それでも悩みはあるんだ」

「ええ」

と、エミリは肯《うなず》いて、「私、怖いの。いつかきっと——誰かを殺してしまいそうな気がして」

藍と真由美は、ちょっと顔を見合せた。

「それは特定の誰かを、ってこと?」

と、藍が訊く。

「たぶん……。私、夢の中で、毎晩その人を殺してるの」

「その人は男?」

「そう……だと思う。顔が分らない。いつも明りを背景にして、そして……」

「そして……」

「私、いつの間にかナイフを握ってて、その男を刺すの。そして目が覚める」

エミリはため息をついて、「ただの夢だって自分に言い聞かせるんだけど……。でも、いつか、本当にそんなことをやってしまいそうで……」

もちろん、エミリは、武井の夢を知らない。

それでいて、二人が同じような夢を見ているのだ。

「藍さん、私、どうなっちゃうんだろう」

と、エミリが手を伸して、藍の手をしっかりと握った。

「大丈夫。藍さんが力になってくれるわ」

と、真由美が勝手に請け合っているので、藍は苦笑した。

「でもね、エミリちゃん」

と、藍は言った。「人はたいてい、とても他の人には言えないような夢を見ているものなのよ。あなたの夢が特別なわけじゃないと私は思うわ」

「そうだといいけど……」

河田エミリは心細げに言った。

いつも冷静で、落ちつき払っている「小さな大人」が、人には見せない表情だった。

すると、

「あれ？　エミリじゃないか」

と、男の声がした。

振り向いたエミリが目を丸くして、

「お兄ちゃん！」

と言った。

「こんなバーで何してんだ？」

「お兄ちゃんこそ……。一人？」

「いや、今連れが来るよ」

「私の兄です。河田公介《こうすけ》」

エミリが、藍を兄に紹介すると、

「へえ。そんなバスガイドがいるのか」

河田公介は、明るい白のジャケットがよく似合う、爽やかな感じの青年だった。

エミリと顔立ちも似たところがある。

「どうしたの？」

と、モデルのような細身の女の子がやって来た。「――あら、エミリちゃん」

「ユキさん……」

エミリは面食らった様子で、兄とその女性を見ていた。

「黙ってろよ、僕に会ったこと」

と言うと、公介は、ユキという女性と手をつないで、他のテーブルへと案内されて行った。

「びっくりした！」

と、エミリは息をついて、「お兄ちゃんにこんな所で……」

「ユキさんって、知ってるの？」

「モデルで、タレントです。何度かクイズ番組とかで会ったことが……」

と、エミリは言った。

「お兄さんは今……」

「大学生です。二十一歳かな。今三年生で。でも、こんなホテルのバーに来るなんて、とても……」

「でも、かなり慣れてる様子ね。こういう所に」

「そうですね……」

エミリは複雑な表情になって、「まさか……」

と呟いて、それ以上は言わなかった。

3 片隅

「あとワンカット……頑張って下さい！」

チーフ助監督の声がスタジオの中に響く。

その声もかれて、かすれていた。

「だったら、早く準備してくれよ」

出を待っている役者の一人が、聞こえよがしに言った。

「エミリちゃん、大丈夫？」

と、マネージャーの恵子《けいこ》が毛布を持って来る。「冷えるといけないわ。これ、かけて」

「うん、ありがとう」

スタジオの隅に置かれたパイプ椅子にかけて、エミリは毛布を受け取った。

「何かほしいもの、ある？」

と、恵子が訊いた。

「何か体の温まるもの。——ココアか何かあったら」

「買ってくるわ」

と、恵子が駆け出して行った。

——河田エミリが、武井栄治と共演しているサスペンス映画の〈闇へとつづく道〉は、撮影が正に追い込みに入っていた。

この数日、撮影は連日深夜に及んで、スタッフもキャストも疲れ切っていた。

しかし、クランク・アップの日取りは延ばすわけにいかない。

エミリだけでなく、メインキャストのスターたちには、次の仕事が待っているのだ。

と、エミリの所へやって来たのは、武井だった。「疲れたろう。明日に回せないこともないと思うがな」

「——どうだい？」

「いえ、平気です」

と、エミリは言った。「帰ってから寝ても充分」

「大分遅れちまったな」

と、武井はスタジオの中を見回して、「僕のせいもあるよな」

「そんなこと……。いつも遅れるじゃないですか、どんな映画も」

「まあね」

武井の方がベテランなのだから、本来武井のセリフである。

「……武井さん、夢って見ますか？」

と、エミリが訊いて、武井はギクリとした。

「うん……。目が覚めると、もう憶えてないんだがね」

と、武井は言った。「どうしてだい？　君も夢を見るの？」

「ええ」

と、エミリは肯いて、「とても怖いんですよ。こういう映画に出ているせいかもしれないけど……」

「うん、きっと、クランク・アップしたら何もかも忘れるよ」

「だといいけど……。武井さんも、怖い夢？　何となく分るでしょ、細かいことは憶えてなくても」

武井は、まさか「君を殺す夢」とは言えないので、

「やっぱりサスペンス物って感じだな。ラストはなぜか海岸の断崖の上で」

エミリは笑って、

「私、そこまでは行ってないな。――でも、怖いのは自分自身ですよね。きっと」

「君の怖い夢っていうのは――」

と、武井が言いかけると、

「はい、ホットココアよ」

と、恵子が紙コップを手に戻って来た。

「ありがとう」

「やあ、いい匂いだ」

と、武井は言って、「じゃ、もう少し頑張ろう」

「はい！」

「あのバスガイドさんから何か言って来たかい？」

「いいえ。でも、ちゃんと調べてくれてます……」

「調べる、って何を？」

と訊かれて、エミリは、

「それは内緒」

と、いたずらっぽく笑って、「その内、私の幽霊が出たら教えてあげます」

武井も笑って、

「じゃ、ついでに幽霊にも出演してもらって、ホラー映画にするか」

と言って、立ち去った。

エミリは、もらったココアを少しずつ飲んで、ホッと息をついた。

「あったまる……」

そして、半分ほど飲んで紙コップを、そばの小さなテーブルにのせた。

スタジオの中は、バタバタと駆け回るスタッフたちで、どうなっているのか、よく分からなかった。

いくら「天才少女」とはいえ、疲れはたまる。——エミリも、ここ数日の忙しさの中でくたびれていた。

ココアの甘さに、心地よく身を委ねている内に、眠気がさして来る。

眠ったからといって、どうかなるわけじゃない。撮影が始まれば、ちゃんと誰かが起しに来てくれる。

そう……。私は一人でいるわけじゃないんだ……。

コクッとエミリの頭が左へ傾いて、一瞬眠りに落ちた。

こんなときの眠りは深いものだ。

「おい、急げよ！」

と、監督の声が飛ぶ。

しかし、エミリはそんなことで起きはしなかった。

ひそかに——スタジオの暗い隅を辿《たど》って一つの影がエミリの方へ近付いて来た。

それは眠っているエミリの背後にそっと近付くと、少女のたてる静かな寝息に耳をそばだてていたが……。

やがて、その影から伸びた両手が、エミリの白い首へとかかろうとしていた。

そのとき——エミリのポケットでケータイが鳴った。ハッと目を覚ます。

その瞬間、エミリの背後の影はパッと逃げ去った。

「え?」

エミリは振り向いた。

気配を感じたのだ。何かが、今、ここから逃げて行った。——しかし、もう何も見えない。

ケータイは鳴り続けていた。

「——もしもし」

と、エミリは言った。

「エミリちゃん?　町田藍よ」

「ああ……。どうも」

「夜中にごめんなさい」

「いいえ、まだ撮影が延びていて」

「今、どこ?」

「スタジオです。次のシーンの準備中で」

「そう」

少し間があって、「——エミリちゃん、大丈夫?」

「あの——」

「今ね、エミリちゃんの夢を見たの。誰かに襲われそうになってる。気になって、つい電話してしまった」

エミリは青ざめた。

「今、――誰かがそばにいたんです。私、うたた寝してて。でも、藍さんの電話の音で何かが逃げて行ったみたい」

「目に見えた？」

「いいえ、振り向いたときにはもう……」

と、エミリは言って、「――もしかして、それって……」

「人間か、それとも違うものかは分らない。でも、危険だったのはきっと本当ね」

「藍さん……。ありがとう。助かりました」

エミリはスタジオの中を見回した。

「いいえ。まだ続くの？」

「撮影ですか？　私の出るカットはあと一つなので、もうじき帰れます」

「じゃ、どこかで待ってましょうか」

「マネージャーさんが……。じゃ、私のマンションに来ていただけます？」

「ええ、いいわ。でも、もう眠らないでね」

と、藍は言った。

　エミリの出るカットは意外に手間取った。

　誰かのせいというわけでなく、監督の黒滝が、画面作りに凝って、照明やカメラの調整に時間がかかったのだ。

「エミリ、急ぎ足でやって来て、パッと止る。そこで顔にスポットライトが当る」

「はい」

「その印の所で、正確に立ち止らないと」

「やってみます」

　足下を見ながら歩いてくるわけじゃないので、そこは記憶と勘だ。

　何度もテストをくり返し、やっと本番になった。

「よし、本番、行くぞ」

　と、黒滝が言った。「エミリ、頼むぞ」

「はい」

　こんなとき、プレッシャーをかけると、たいていの役者なら、却《かえ》ってやりそこなう。

　しかし、エミリは動じなかったし、黒滝もそれが分っていた。

「用意。――スタート！」

　と、声がかかる。

　カチンコが鳴ると、エミリが小走りにやって来る。

足下へ全く目を向けずに、決った位置で止るのは難しい。エミリは一歩ずつの歩幅を体で憶えていた。

やって来て、ハッとした様子で止る。みごとにスポットライトがエミリの顔に当った。

その瞬間、

「危い！」

と叫んで、セットへ飛び込んで来たのは、藍だった。

藍がエミリに抱きつくようにして一緒に床へ倒れる。同時に、スタジオ内に銃声が響いて、セットの壁の鏡が砕けた。

「何だ？」

と、黒滝が立ち上る。「おい、今のは――」

「エミリちゃん、大丈夫？」

藍が体を起して、「スタジオの出口を閉めて！」

と叫んだ。

しかし、その場にいた者は当惑して、誰も動こうとしなかった。

「藍さん……」

「けがしてない？」

「ええ……。今のって――」

「誰かが銃で狙ってたのよ。あなたの顔にライトが当るところを」

「どういうことだ？」

と、黒滝が唖然《あぜん》としている。「何だ君は？」

そこへ、

「大丈夫か！」

と、駆けつけて来たのは武井だった。

「武井さん、今、誰かが――」

「うん、スタジオから駆け出して行く人影がチラッと見えた。追っかけて外へ出たが、もう見えなかった」

「そうですか。でも良かった。間に合って」

と、藍は息をついた。

「エミリ……」

と、黒滝がやって来て、「本物の銃で狙われたのか。何があったんだ？」

藍はエミリの手を取って立たせると、

「ともかく、幽霊は拳銃を持っていません」

と言った。「これは殺人未遂です」

「まさか……」

と、黒滝が呟いた。「また撮影が遅れるのか？」

4　メッセージ

と、苦情を言いかけたのはマネージャーの恵子だった。

「いいのよ。大丈夫」

と、エミリがそれを止めた。「これが最後のカットだから」

「でも、こんな外の森の中なんて……」

「仕方ないわよ。このカットがなかったら、映画が完成しないんだもの」

「でも、エミリちゃんの身に何かあったら……」

「心配いらないわ。私には藍さんがついてる」

エミリが微笑《ほほえ》んで言った。

「でも──いないじゃないの」

「約束したわ。今日の朝六時にここに来てくれるって」

「もし何かあったら──」

「こんな朝早くに？」

普通、映画の撮影は、手間のかかるロケが先で、終りはスタジオである。

しかし、この早朝ロケは、

「どうしても霧が必要だ」

という黒滝の意向で、ラストにまで延びてしまったのだ。

スタジオからそう遠くないのだが、忘れられたように残る雑木林。地形のせいで、早朝にときどき霧が出る。

他のシーンの撮影と、なかなかタイミングが合わなかったが、ついにこれがラストカットというところで、うまく濃い霧が出てくれたのである。

「カメラ、急げ！」

と、黒滝が怒鳴っている。

何しろ霧は自然現象である。今、出ていても、突然消えてしまってもふしぎはない。

黒滝が焦るのも無理はなかった。

「人工的に作った霧にはない深みがある」

と、黒滝は肯いて、「エミリ、頼むぞ」

「分りました」

「ちゃんと周囲は見張らせている。危いことはないからな」

「はい、でも……」

と、エミリが言いかけて、「来た！」

霧の中に、車のライトが光っていた。

そして、現われたのは——大型の観光バスだった。

バスが停《と》まると、制服姿の藍が降りて来た。

「ごめんなさい！　霧で、スピードが出せなくてね」

「きっと来てくれるって分ってた」

と、エミリは藍の手を握った。

「あんたか」

と、黒滝が渋い顔で、「エミリを助けてくれたことは感謝しとる。しかし、こっちにもスケジュールというものが……」

黒滝は、バスから次々に降りて来る人々を見て、「——何だ、あれは？」

「私ども、〈すずめバス〉のツアーのお客様です」

と、藍は言った。

「観光客？　勝手にそんなことをされては困るぞ」

「監督、私がＯＫ出したんです」

と、エミリが言った。「私が今日、無事に撮影を終らせたら、それでいいでしょ？」

「うむ……、しかし……」

「お邪魔はしません」

と、藍は言った。「〈すずめバス〉のお客様は、スターを見にいらしたわけではないんです」

「じゃ、何なんだ？」

「皆さん、幽霊のファンなんです」

黒滝は、それ以上何も言えずに、スタッフへと声をかけた。

――エミリを狙った銃弾は、小型の拳銃から発射されたものだと分ったが、犯人は見当もつかなかった。

「この霧じゃ、犯人が現われても分らないわね」

と、エミリが言った。「でも、私には藍さんがついててくれる」

「責任重大ね」

と、藍は言った。「でも、あなたは何も心配しないで、お芝居に集中してちょうだい」

「ええ。そのつもり」

そこへ、

「よし！　準備ができたぞ！」

と、黒滝が怒鳴った。「テスト一回で、すぐ本番行くぞ」

エミリは薄手のコートをはおって、カメラの前に立った。

「よし、まず誰かに追われてる感じで、カメラに背を向けて、霧の中へ駆け込む」

と、黒滝が説明する。「そして、カメラの位置を変えて、霧の中から駆け出してくるエミリだ」

「霧の中を走り抜けたように見せるんですね」

「そうだ。走る方向には赤いランプがある。それを目当てに出て来い」

「分りました」

「監督」

と、カメラマンが言った。「日射しが、――霧が持ちませんよ」

「そうか、ではいきなり本番で行く。いいな？」

「はい」

と、エミリが肯く。

「用意、――スタート！」

カチンコが鳴り、カメラが回ると、エミリは、カメラの前で恐怖の表情を浮かべ、パッと背を向けて、木立ちの霧の中へと駆けて行った。

「――カメラ移動！」

と、黒滝が怒鳴る。

「あうるさくちゃ、幽霊が出て来られないいな」

と、すぐそばで声がして、藍はびっくりして振り向いた。

「武井さん！　このシーンに？」

「いや、出番はない。ただ、エミリのことが心配でね」

と、武井は言った。「もうあの夢は見なくなったよ」

「それは、エミリちゃんが現実に危い目にあうのを見たからですよ」

「そういう気がしていたよ、僕も」

カメラの移動が終り、

「よし！　エミリ、聞こえるか！」

と、黒滝が大声で呼んだ。

「はい、聞こえます」

と、白い霧の中から、エミリの声が返って来た。

「よし、赤いランプを点《つ》けるぞ、目印にして走って来い！」

助監督が、赤いセロハン紙をかけたランプを点けて、持ち上げる。

「いつでもいいぞ！」

と、黒滝は言った。「カメラ、回せ！」

カメラが回り始める。

白い霧が、風のせいか、ゆっくりと流れ始める。

「いい雰囲気だ」

と、黒滝が言った。「来い、エミリ！」

しかし――霧の中から、エミリは現われなかった。

「――おかしいわ」

と、藍が言った。

「藍さん、大丈夫なの？」

と、言ったのは、遠藤真由美である。「エミリちゃん……」

「この霧……。普通じゃないわ」

と、藍は進み出て、「中止して下さい！」

「何言ってるんだ！　こんなカットはめったに撮れない」

「でも、エミリちゃんの安全が第一です」

「何も起るもんか。――エミリ！　どうした、走って来い！」

しかし、返事もなかった。

藍が、真由美の方へ、

「ここにいるのよ！」

と言うと、霧の中へと飛び込んで行った。

「藍さん！　私も行く！」

真由美が藍を追って、霧の中へ駆けて行った。

「――どうなってるんだ？」

と、黒滝が立ち尽くしている。

そのとき、霧の中から銃声がした。

「おい！」

武井が顔色を変えて、「エミリ！」

と、霧の中へ向って駆け出して行った。

〈すずめバス〉の乗客たちは、息を殺してじっと成り行きを見つめている。

すると――。

「霧が晴れてくる！」

と、誰かが言った。

朝の光が、木立ちの間に射し始めた。そして、霧はゆっくりと薄れて行った。

「――撮れなかった」

と、黒滝が呟いた。「まあ――エミリが無事ならいいんだが……」

明るくなった木々の間から、風に流されるように歩いて来る人影があった。

「――まあ」

と、恵子が言った。「エミリちゃんのお兄さんですね」

「エミリの兄の公介です……」

と、少しぼんやりした口調で、「黒滝監督ですね」

「ああ……。しかし、どうしてこんな所に?」

「エミリを止めるためです」

「止める? それはどういう意味かな」

「エミリは、もう充分大人になりました」

と、公介は言った。「これ以上、成長すればエミリはどこにでもいる女になってしまう。エミリは今、死ななきゃならなかったんです」

「何ですって?」

恵子が息を呑《の》んで、「エミリちゃんを——まさか——」

「撃ったよ」

公介が地面に拳銃を投げ捨てた。「これで良かったんだ」

すると、公介の背後の木々の間から、

「良くなかったわ」

と、声がして、公介が振り返ると、

「——まさか」

と言った。

出て来たのは、エミリだった。

そして、藍と真由美がすぐ後ろについて来ていた。

「エミリ……」

「お兄ちゃん、私たちも変らなきゃ」

と、エミリは言った。「子供同士の遊びじゃ済まないのよ、もう」

「どうしてだ！——僕は確かにエミリを撃った！」

「弾丸がそれて感謝しなくちゃ」

と、藍が言った。「殺人犯になるところですよ」

「そんな馬鹿な！」

公介が、捨てた拳銃を拾おうとしたが、そこにはもうなかった。

武井が素早く拾い上げていたのだ。

「ちゃんと狙って撃った。当ったはずだ」

と、公介が言った。

「藍さんが守ってくれたのね」

「私じゃないわ。お兄さんに罪をおかさせたくない、エミリちゃんの思いが、弾丸を防いだのかもしれない」

「でも、藍さん」

と、真由美が言った。「あの霧はどこか普通じゃない、って」

「ええ、そう感じたわ。でも、それが正しかったのかどうか」

「エミリ」

と、公介が言った。「僕が好きだろ？」

「もちろんよ。だから、もうやめなきゃ」

――エミリが夢で見ていたのは、兄との危険な関係だったのだろう。

兄への愛と憎しみが入り混って、あの夢になっていた。

「エミリちゃんをどんなに苦しめていたか、よく考えて下さい」

と、藍が言うと――、

「エミリは僕のものだ！」

と叫んで、公介がポケットからナイフを取り出した。

突然のことで、藍はエミリの前に飛び出すのがやっとだった。

「藍さん！」

公介の振り上げたナイフは、藍へと真直ぐに――。

しかし、その手がピタリと止った。

公介がハッと息をつめて、動きを止めると、少しして、その場に崩れるように倒れた。

「――どうしたの？」

と、エミリが目を見開いて言った。

「これって……まさか……」

藍は倒れた公介の上にかがみ込んだ。

「藍さん、その背中の傷……」

と、真由美が言った。

「ええ。――背中に、銃弾が命中してる」

と、藍は肯いて、「もう息がないわ」

「でも――誰も撃ってないよね」

「あの霧が……呑み込んでいてくれたのかもしれない、弾丸を。その弾丸が今、この人に当った……」

「じゃ、自分の撃った弾丸に当って死んだの？」

「ふしぎなことだけど、他に考えられないわ」

武井が拳銃を調べると、

「――一発しか撃ってない」

と言った。

ツアー客たちが興奮して、

「さすが藍さんだ！」

「弾丸のコースまで変えてしまったんだ！」

と、口々に言っている。

「――藍さんの伝説が、また一つ増えたわね」

「でも、こんな結末になるなんてね……」

エミリは、兄の目をそっと閉じてやると、

「――いつかこうなると決ってたのかもしれない」

と言った。「監督、ラストカットはどうしましょう?」

「スモークをたいて、霧に見せかけるしかないが、いいのか?」

「はい、やります」

エミリはちょっと涙を拭うと、力強く言った。

命ある限り

1　死なないで！

何となくおかしい。

町田藍はずっとそう思ってはいたのだった。

しかし、はっきりした根拠もなく、バスの乗客に、

「あなた、どこか変だから降りて下さい」

などと言えるわけがない。

特に、バスといっても、町田藍がバスガイドとして乗っているのは、弱小ながら「ユニークなツアー」で業界に知られる（というのは社長の筒見の口ぐせだが）、〈すずめバス〉の観光バスだったのだから。

その男は一人で乗って来て、他の十人ほどの客から離れてポツンと座っていた。
四十五、六といったところだろうか。どこか生活に疲れた印象があった。
町田藍は、人並み外れて霊感が強く、しばしば幽霊の類《たぐい》と「出会う」ことがあり、幽霊ツアーのバスガイドをして〈すずめバス〉の赤字経営を救って来た。

しかし、今日はごく普通のツアーで、〈当節お見合パワースポット〉というネーミングは、もちろん筒見のアイデアである。

「ここでお見合すれば、幸せになること、間違いなし！」

などと、後で訴えられないかと心配になるようなツアーだが——。

「藍さん、もうすぐ終りね」

と、バスの前方へやって来たのは、学校帰りのセーラー服姿の遠藤真由美。

十七歳だが、「幽霊が大好き！」という変った趣味の持主。そして藍の大ファンなのである。

「今日は出なかったね」

と、真由美が言った。

「お見合の席に、そう年中幽霊が出たら困るでしょ」

と、藍が苦笑した。「もうあの先を曲ると解散場所よ」

「でも、そこに着くまでは油断できない。もしかすると、誰かの幽霊が待ってるかもしれないわ」

藍は笑って、マイクを手にすると、

「皆様、本日は大変お疲れさまでございました。間もなく、バスは解散地点に到着いたします」

いくら何でも〈お見合〉がテーマのツアーだから、若い恋人たちとか、これからお見合をしようという世代が来るのかと思っていたら、ほとんどが六十代、七十代の夫婦や未亡人。

「子供が結婚しなくて困っている」

という親たちなのである。

その中では、あの男性は浮いていた。

確か――〈梶原《かじわら》〉という名だった……。

「では、お仕度の方をよろしくお願いいたします。お忘れ物のございませんように……」

あの梶原という男が、不意に立ち上った。

その手には、拳銃が握られていた。

「おい！　貴様が町田ってガイドだな！」

銃口が藍に向いている。藍はとっさに真由美を突き飛ばした。真由美が尻もちをつく。

「落ちついて下さい」

と、藍は言った。「私にご用が？　他のお客様には手を出さないで」

ハンドルを握っているのは、〈すずめバス〉きっての二枚目ドライバー――といっても、二人しかいない――君原だった。

君原は急ブレーキをかけた。

立っていた男は前に倒れかけて、膝をついた。銃口が、尻もちをついていた真由美の方を向いていた。

「危い!」

藍は真由美の上に覆いかぶさった。次の瞬間、男が引金を引いて、銃弾は、たまただが藍の背中に命中した。

君原が男の上に飛びかかった。男は床に顔を打ちつけると、呻《うめ》き声を上げて動かなくなった。

君原は男の手から拳銃を取り上げると、

「おい! 町田君!」

と呼びかけた。

真由美は、自分の上にかぶさっている藍へ、

「大丈夫?――藍さん、どうしたの?」

起き上ろうとしたが、藍の重みがかかって、動けない。

君原が、藍の体を抱き起した。

「町田君――」

真由美は自分の手を見て、息を呑《の》んだ。藍の背中に回っていた右手に、べっとりと血がついていたのだ。

「藍さん！」

体を起して大声で叫ぶと、藍が目を開けて、

「真由美ちゃん……。早く、逃げて……」

と言って、ぐったりとして動かなくなった。

「――藍さん！」

真由美は信じられない思いで叫んだ。「死なないで！　死んじゃいやだ！　藍さん！」

「うん。――今、弾丸を取り出す手術してる。――分らないけど、私、手術が終るまでここにいる。――お願い。そうさせて」

真由美は、病院の外で、家に電話していた。

もう夜になっている。晩秋の夜風は、ひんやりと冷たかった。

「また連絡するよ。――うん、大丈夫」

通話を切ると、真由美は病院の中へと戻って行った。

手術室の外の廊下には、君原が長椅子に座って、じっと顔を伏せていた。

「――まだだね」

と、真由美は言った。

〈手術中〉の赤いランプが、目にしみるようだ。

「真由美君、君はもう帰った方がいいんじゃないか？」

と、君原が言った。「お宅で心配してるだろ」

「大丈夫。今、電話入れた」

と、真由美も長椅子に腰をかけると、「家でも、藍さんはとても好かれてるから。──私をかばって撃たれたんだもの。私、何日かかっても、ここにいる」

きっぱりとした口調だった。

「そうか」

と、君原は肯《うなず》いて、「君は町田君にとって客以上の人だからね」

「そのつもり」

「どうして……。僕が急ブレーキをかけなければ、あんなことには……」

「そんなことないよ」

「いや、あの発砲は、誰かを狙ってのことじゃなかった。たまたま倒れたとき、銃口が君へ向いていたんだ」

「同じことよ。私を守って、藍さんは……」

真由美は溢《あふ》れてくる涙をハンカチで拭うと、「あんなこと……。自分が殺されるかもしれないっていうのに、ああして……。私にはできないわ」

「君はまだ十七だろ。そんな風に思い詰める必要はないよ。ともかく、やったのは、あの梶原って男だ」

「藍さんのことを知ってたわ」

「しかし、直接は知らなかっただろう。――何のために、町田君を狙ったんだろうな」

「殺してやりたい！」

と、真由美は力をこめて言った。

「もし知り合いなら、町田君は当然気付いただろうし……」

男はもちろん警察に引き渡された。

あんなことをした理由が分るかもしれないが、それで藍が助かるわけではない。

「もう……三時間たつね」

と、真由美は言った。

「うん。――きっと大丈夫だ。町田君は、大勢の人に守られてる」

「そうだよね。――大勢の人と、幽霊にも、ね」

と、真由美は言って、君原と顔を見合せ、二人はちょっと笑った。

「そうだ。僕らが信じることが大切なんだ。彼女が絶対大丈夫だって」

「うん！　そうだね」

その真由美の言葉が聞こえたかのように、〈手術中〉の明りが消えた。

「藍さん……」

と、真由美はゆっくりと立ち上って、手術室の扉が開くのを待った……。

2 境界

まるで、ドラマの一場面のようだった。

ゆっくりと瞼《まぶた》が開いて、藍はぼんやりとした目で、天井を見上げた。

「──目を開けた！」

と、弾んだ真由美の声がして、藍の耳に届いた。

何かを探るように、藍の瞳が左右に動いて、やがて、自分を覗《のぞ》き込んでいる真由美の顔を見分けた。

「真由美ちゃん……」

と、かすれた声で、しかしはっきりと言った。

「藍さん！　良かった！」

と、真由美は涙を拭った。

「あなた……大丈夫だったの？」

「うん、何ともない。藍さんのおかげで」

「今日の……ツアーは、誰が行ったのかしら……」

「君原さんは、朝までここにいて、藍さんのこと、見てたのよ」

「ドライバーが……」

と、藍は言った。「そんな、寝不足の状態でハンドル握るなんて……。真由美ちゃん」

「うん？」

「会社に電話して、ドライバーを代えるように言って」

「藍さん――」

「あ、そうか」

藍は苦笑して、「今起きたから、朝だと思ったけど、そうじゃないよね。今、何時ごろ？」

「三時……少し過ぎ。午後のね」

「ああ……。まだボーッとしてる」

と、深く息をつくと、「弾丸を取り出したの？」

「そう。ちゃんと取れたって。良かった。心臓から一センチだったたって」

「悪運強いんだ、私」

「だけど……〈すずめバス〉の社長さん、来てないんだよ。ひどいじゃない？」

と、真由美が怒っている。

「いつも赤字抱えて、頭が痛いのよ」

「でも、〈すずめバス〉は藍さんでもってるようなもんじゃない。それなのに……」

真由美の文句が聞こえたかのように、病室へ入って来たのは、正に〈すずめバス〉の社長、筒見だった。

「あ、社長……。どうも……」

「おい、大丈夫か?」

と、筒見は小さな花束を持っていた。

「何とか生き永らえました」

「いや、みんな心配してるぞ」

「ご迷惑かけますね。エミさんと良子さんによろしく言って下さい」

常田エミと山名《やまな》良子は、〈すずめバス〉の数少ないバスガイド。藍を入れて三人で全員だ。

「君、何か恨まれてたのか?」

「それがさっぱり……。犯人がどう言ってるか分らないんですけど」

「そうか。――うちの損失をそいつに請求できるかな」

「無理じゃないですか。逮捕されてるんですから」

「そうだろうな。しかし――君に抜けられると、うちの経営は一段と苦しくなるから……」

聞いていた真由美が頭に来たらしく、

「社長さん！　藍さんの傷の具合とか、ちょっとは心配したらどうですか？　会社のことばっかりじゃなくて！」

十七歳の高校生とはいえ、〈すずめバス〉の上得意の真由美に言われて、筒見も、

「いや、それはもちろん……。お見舞に何を持って来ようかと考えたくらいで――」

「真由美ちゃん、いいのよ。――社長、できるだけ早く仕事に戻るつもりですけど、その辺のことはまだ分らないので、見通しがついたら、ご連絡します」

「うん、よろしく頼むよ。しかし――まあ、今はよく体を休めて……。大事にね」

また真由美に怒鳴られてはたまらない、と思ったのか、筒見は早口にそう言うと、足早に病室から出て行った。

「腹が立つわ！」

と、真由美が腕組みして、「大体、このお花、しおれかけてる。絶対安売りのを買って来たのよ」

「そういじめないで」

と、藍は言った。「社長なりに気をつかってるのよ」

「でも、早く仕事しろとでも言いたげで……。藍さん、仕事に復帰するときは、お給料倍にしてもらいなさいよ」

と、真由美は怒りがおさまらない様子で言った。

「それより、真由美ちゃん、今日は、学校あったんでしょ？　休ませちゃったのね」

「学校なんて、藍さんの生命《いのち》に比べたら、どうってことない！」

「だめよ、ちゃんと明日からは学校に行ってね」

藍は、自分の傷より、真由美の方が心配だった……。


「では、犯人と会ったことはないと？」

と、その若い刑事は言った。

「憶えている限りではありません」

と、藍は言った。

「しかし、全く面識のない女性を拳銃で狙いますかね」

片岡《かたおか》というその刑事は、藍が何かを隠していると思っているようだった。

男女関係のもつれ。——それで片付けば一番楽だ、と考えているのだろう。

「梶原といいましたね、あの人」

と、藍は言った。「どうしてあんなことをしたか、言ってないんですか？」

「両方から話を聞かないとね」

片岡刑事は藍の問いに答えず、「命を狙うってのは、よほどのことでないと」

だから、当然男のことを知っているはずだ。——そう言いたいのだろう。

「梶原という人も、私に会ったことがなかったはずです」

「どうして分るんです？」

「あのとき、『貴様が町田ってガイドだな』って言ったんです。知っている人間に、そうは言わないでしょう」

片岡はちょっと顔をしかめて、

「確かにそう言ったんですか？」

「ええ、確かです」

と、藍は肯いた。

「そんなときに、よく相手の言ったことを憶《おぼ》えてられますね」

と、面白くなさそうに言った。

「私、割合にこの手の事件に係《かかわ》ることが多いものですから」

片岡は肩をすくめると、

「分りました。では、また伺いますよ」

と言って、さっさと行ってしまった。

入れ代りに、ベテランの看護師がやって来ると、

「お熱を測らせてね」

と言って、体温計を渡し、脈をみた。「——今出てったの、刑事さんでしょ?　何だかずいぶん横柄な人ね」

「彼女とケンカでもしたんですよ、きっと」

と、藍は言った。

「あなたと似た人に振られたのかも」

と、看護師は笑って言った。

そう。——人間というのは、本当にそんな馬鹿げたことで、カッとなって、とんでもないことをする。

あの梶原という男は、なぜあんなことをしたのだろう?

痛み止めを入れた点滴をしているせいで、ときどきフッと眠りに落ちることがある。

皆様、本日は〈すずめバス〉をご利用いただき、まことにありがとうございます……。

夢うつつの中で、いつものセリフ……。

そして、フッと夢の中に入っていた藍は、背を向けて歩いて行く男に、

「お客様!　バスはこちらです!」

と、呼びかけていた。

「え!」

と、声がした。

目を開けて、藍は、

「ああ……。夢見てたんだ、私……」

と呟《つぶや》いたが、「――どなた？」

ベッドのそばで、藍のことをじっと見下ろしている女性がいたのだ。

「――びっくりした！」

と、その女性は息をついて、「あんまりはっきり言うんだもの」

「失礼しました」

と、藍は言った。「私にご用ですか？」

「あの……あなたが、〈すずめバス〉の町田藍さんね」

三十歳くらいだろうか、少し疲れた印象があるが、スーツ姿で、コートを腕にかけていた。

「そうです。あなたは？」

女性はちょっと周囲へ目をやった。四人部屋で、他のベッドも埋っている。

「私、小国信子《おぐにのぶこ》といいます」

と、椅子にかけて、「〈N生命〉の社員です」

「生命保険？　私、まだ生きてますけど」

「勧誘に来たんじゃありません」

それはそうだろう。

「では、どういうご用件で？」

と訊《き》くと、小国信子は少しためらっていたが、やがて思い切ったように口を開いた。

「私、梶原さんを愛してるんです！」

「は？」

藍は、面食らって、すっかり目が覚めてしまった……。

3　幻の恋人

午後の一時を三分ほど過ぎたとき、机の電話が鳴った。

「――はい、庶務の小国です」

と、受話器を取って、小国信子は言った。

「梶原さんは？」

名のらなくても、その厳しい口調で、社長秘書の宮里和子《みやざとかずこ》だと分った。

「梶原ですか……。まだ戻ってないようですが」

「もう一時を過ぎてるでしょ」

「すみません」

どうして私が謝るの？　信子はそう思った。

「戻ったら、すぐ社長室へ」

と言って、パッと切ってしまう。

「はい……」

と、返事するのは無意味だった。

しかし——珍しい。梶原さん、どうしたんだろ？

お昼休みが終っても、のんびりタバコなどふかしてから席に戻ってくる社員も少なくないが、梶原はそんな男ではない。

一時の五分前には必ず席についていて、むしろ信子の方があわてて戻ってくるくらいだ。

それが今日に限って……。

「——どうしたのかしら」

一時を十分も過ぎたのに、梶原は席に戻って来ない。

具合でも悪くなったのかしら？——心配していると、十五分たって、やっと梶原が戻って来たのである。

「梶原さん！　どうしたの？」

「いや、すまん」

梶原は少し息を弾ませていた。「ちょっとね……」

「そう。あの——宮里さんから、すぐ社長室に来てくれって」

と、信子は言った。

「社長室？　分った」

椅子に座った梶原は、すぐにまた立って、「何ごとだろうな」

「さあ、何も言ってなかったけど」

「じゃ、ちょっと行ってくる」

梶原はせかせかと行ってしまった。

信子がパソコンに目を戻すと、向い合せの席の久代《ひさよ》がクスクス笑っている。

「——何がおかしいの？」

と、信子が訊くと、

「梶原さんよ」

と、久代は小声で言った。

「梶原さんがどうしたの？」

「見れば分るじゃないの」

「分るって……何が？」

「信子さんは初心《うぶ》ね。昼休みに彼女とお楽しみだったのよ、梶原さん」

久代の言葉に、信子は啞然《あぜん》とした。

「まさか！　だって……」

と言いかけたものの、その先、どう言えばいいのか分らない。

「知らないの、信子さん？」

と、久代は呆《あき》れ顔。

「そんな……。そんなことしないわよ、梶原さん」

「まあ、見たところもてそうにないものね。でも、ああいう人に、女は結構心を許しちゃうものなのよ。心だけじゃなくね」

「だって、梶原さんには奥さんがいるじゃないの」

我ながら、子供っぽい言い分だと分ってはいたが、そう言わずにはいられなかった。

「信子さんは、結婚したら絶対に浮気しないいんでしょうね」

と、久代に言われて、独身の信子はいささかムッとした。

しかし、そこへ電話がかかって来て、久代との会話は打ち切りとなった。

急いで調べものをしなくてはならなくなって、信子は席を立って、資料室へと向った。

二十分近くかかって、やっと目当ての資料を捜し当てると、席へ戻ろうとして――。

「梶原さん、どうしたの？」

エレベーターの前に、梶原が立っていたのだ。コートをはおって、ぼんやり立っている。

「外出？」

と、信子は訊いた。

梶原は少しして信子を見ると、

「〈すずめバス〉」

と言ったのである。

「何ですって？」

「バスガイドだ。――町田藍っていうバスガイド……」

「バスガイド？　その人がどうしたの？」

「そいつのせいなんだ！」

と、梶原は突然大声を上げた。「そいつのおかげで、俺はクビになった！」

「クビ？　でも――」

エレベーターの扉が開いて、梶原はパッと乗り込むと、すぐ扉を閉めてしまった。


「――それが、十日前のことです」

と、小国信子は言った。「一体何があったのか分りません。そしてあの事件で……。TVのニュースで、町田さんが撃たれて、梶原さんが捕まったと知って。私……」

信子はフッと肩を落として、

「もちろん、梶原さんがあなたを撃ったのは事実でしょう。逮捕されても仕方ありません。でも、どうして梶原さんがクビになったのか、どうしても知りたいんです」

藍は涙ぐんでいる信子を見ると、嘘《うそ》をついているようにも思えなかった。

「──小国さんとおっしゃいました？　お話はよく分りました。でも、残念ですが、私は梶原さんのことを、あのときまで全く知らなかったんです」

と、藍は言ったが、

「ええ、分ります。そういう風におっしゃる気持は。でも、梶原さんがあそこまで思い詰めたのは──」

「ちょっと待って下さい。私は隠しごとなんかしていません」

と、藍は、梶原がバスの中で藍にかけた言葉を告げて、「──梶原さんも私を知らなかったんですよ」

「そんな……。お願いです！　本当のことを言って下さい」

藍もちょっとくたびれて来た。すると、

「しつこい人ね！」

と、声がして、何と真由美が信子の後ろに立っていたのである。

「あなたは──」

「私は、藍さんの親友。藍さんは嘘なんかつかない！　撃たれて重傷の人に、どういうつもりなの！」

「真由美ちゃん」

と、藍は言った。「いいのよ。この人も必死なんだわ」

「でも――」

「冷静に考えましょう」

と、藍は信子の方へ、「梶原さんは私のせいでクビになった、と言ったんですね？　でも、具体的にはどういう理由だったんですか？」

「さあ、それは……」

「社長さんがわざわざ呼びつけて、クビにするって、普通じゃないでしょう。社長さんは何という方ですか？」

「――直木《なおき》です。直木完治《かんじ》」

「社長さんに訊いてみて下さい。どういう理由でクビにしたのか」

「はあ……」

信子はちょっと息をついて、「そう言われると……。でも、社長に直接そんなことを訊けません。私なんかただの平社員で」

「でも、梶原さんを愛してるんでしょう？　だったら、それぐらいの勇気は」

「そうよ！」

と、真由美が言った。「何なら、私がついて行ったげる！」

信子は、藍と真由美を交互に眺めると、

「──私、とんでもない間違いをしてるようですね」

と言った。

「でも、私も本当のことが知りたいんです」

と、藍は言った。「梶原って人が、警察でどう話しているのか、さっぱり教えてくれないので」

「分りました」

と、信子は立ち上って、「私、社長に会って、訊いてみます」

「よろしく」

──信子が帰って行くと、

「わけも分らず撃たれちゃ、かなわないわよね」

と、真由美が言った。

「そうね。でも……」

藍は息をついて、「却《かえ》って、傷が早く治るかもしれないわ。真由美ちゃんの元気がもらえて」

と言った……。

鐘が鳴っている。

教会の鐘が重々しく響いているのは、墓地だった。

神父が聖書を手にして、

「町田藍さんは、生前バスガイドとして〈すずめバス〉のためによく働いてくれました」

と言った。「彼女の企画するツアーは、幽霊とコンタクトが取れるという特殊な能力もあって、大変人気がありました……」

ちょっと！「生前」って何よ！

藍はそう文句を言いたかったが……。え？声が外に聞こえない？

外に。——今、藍は棺《ひつぎ》の中に寝ていたのだ！

冗談じゃない！——ちょっと！私、生きてるわよ！

必死で叫ぶのだが、誰も気付いてくれないらしい。

「今後の〈すずめバス〉がどうなるか、心配ですね」

と、神父が言った。

すると、突然神父が筒見社長の顔になって、

「全く！後のことを考えずに死んでしまうなんて、勝手な奴《やつ》だ」

と、文句を言った。「こんな奴は早いところ埋めてしまおう。おい、棺を穴に下ろせ。——構やしない、放り込め。上から土をかけりゃ分りやしない」

やめてよ！　生きてるのよ、私！　土の中に埋めるなんてひど過ぎるじゃないの！

社長！　私がどれだけ〈すずめバス〉のために働いたか、忘れたんですか？

棺がドスンと穴の中へ落とされる。

痛っ！　もっとやさしく——。

やめて！　やめてよ！

ザーッと棺の上に土がかけられる音。

社長の馬鹿！　生きてる私を埋めて、どうするんですか！

「社長？……馬鹿……」

つい、口に出していたらしい。

「私が馬鹿だと？」

という声がして、藍は目を覚ました。

「ああ……。夢だったのか」

と、ホッと息をついて、それからベッドのそばに立っている初老の紳士に気付いた。

「——あなたは？」

と、藍が訊くと、

「私は〈N生命〉の社長、直木だ」

少し考えて、思い出した。

「ああ！　あの梶原って人の……」

「そうだ」

六十前後だろうか。――社長らしい落ちつきのある男性だった。

「わざわざどうして……」

と、藍が訊こうとすると、

「待ってくれ」

と、直木社長が眉を寄せて、「君が町田藍なのか？　本当に？」

「本物の町田藍です。どういう意味ですか？」

「いや……。そんなはずはない」

と、直木は首を振って、「〈すずめバス〉のバスガイド。〈幽霊と話のできるバスガイド〉……。キャッチフレーズだけでなく、実際に超能力を持っている女……」

「超能力？　誰がそんなことを――」

「君が町田藍だというのなら、彼女は何者なんだ？」

「待って下さい」

やっと直木の言っていることが分って来た。「あなたは、私じゃない『町田藍』をご存じなんですね？」

「ああ……。確かに、その女は町田藍と名のったんだ。そして、〈すずめバス〉のバスガイドだと……」

聞いている内、藍は段々腹が立つと同時に情なくなって来た。

「それでは、あなたの会社の梶原という人が私を殺そうとしたのは、実は別の町田藍を恨んでのことだったたっていうんですか」

「それは……。まあ、そういうことになるか……」

「冗談じゃない！」

と、藍は精一杯の力をこめて、「私、危うく死ぬところだったんですよ！」

「いや、その点は……」

直木は首を振って、「まあ、命が助かったんだから、よしとしようじゃないか」

「ちっともよくありません！」

「とりあえず、ここの入院費は払わせてもらおう」

「当り前です！」

「では、私は仕事が忙しいので――」

と、直木が行きかけると――。

ちょうどそこへ、真由美が病室へ入って来たのである。

「真由美ちゃん！」

と、ベッドから、思い切り声を振り絞り、「その男の人を逃がさないで。帰しちゃだめ」

「分ったわ！」

真由美は直木の前に立ちはだかると、「止れ！」

と、両手を一杯に広げた。

「何だね、君？　私は忙しい。子供の相手をしちゃいられんのだよ」

直木が強引に真由美を押しのけて通ろうとすると、

「ヤッ！」

真由美が直木に技をかけて、直木の体はコロリと一回転してしまった。

「――痛い！　私は腰が……」

直木は、なかなか立ち上れないで呻いていた。

「凄《すご》い！」

真由美は自分でびっくりして、「私、男の人に技かけたの初めて！　こんなにうまく行くなんて！」

「真由美ちゃん……」

「私、合気道始めたの」

と、真由美は得意げに言った。

4　影

神でも仏でもいい。

いや、悪魔だっていい。――そう考えて、直木完治は苦笑した。

今、ここで悪魔が現われて、

「俺と取引きしないか」

と言われたら、喜んで応じたかもしれない。

「会社を救ってくれ」

と、直木は言っただろう。「そうしたら、何でもお前の言うことを聞いてやる」

実際、悪魔の手でも借りなければ、〈N生命〉は救われない状況だった。

失敗か。――確かに、経営者として直木は失敗したのだ。

しかし、認めたくなかった。「何とかなる」という気持が、消えなかった。

「運がなかったんだ……。俺のせいじゃない」

と、直木は呟いた。

言いわけしても、誰も聞いてはいなかった。直木はホテルのロビーのソファに身を沈めていた。もう夜中で、人の姿はない。

フロントには人がいたが、直木のことなど気が付いていない様子だった。

いつもなら——ホテルの支配人が、

「これは直木様！　いつもご利用いただきまして」

と、飛んで来るところだが、今は……。

そうだ。倒産しかけている会社のトップなど、相手にしてくれない。ホテルだって商売なのだから当然だろう。

このひと月ほどの間に、〈N生命〉は突然業績が悪化した。

「何かの間違いじゃないのか？」

と思っている間に、状況は取り返しのつかないほどひどくなってしまったのだ。

そして今夜、このホテルのレストランの個室で直木は最後の望みだった銀行の幹部と食事をした。雑談しながら、ワインに酔っている銀行側に、直木はジリジリしながら、

「それで、お願いの件ですが……」

と、切り出そうとすると、

「いや、いいワインは料理の味も変えるな」

と言って笑う。

そして、ついに帰り際になって、

「それで、お願いした件は……」

「うむ？　ああ——あの件か。あれは無理だったよ」

と、ひと言。「じゃ、ごくろうさん」

直木は引き止める気力も失っていた……。

あれから何時間ここに座っているだろう。

ロビーの明りが落ちた。——むろん、真暗《まつくら》ではないが、ホテルの一日が終ったという
ことは分った。

それでも、直木はソファにかけたきり、動けなかった。すると——。

「お客様」

と、女性の声がして、びっくりして顔を上げると、制服姿の若い女性が立っていた。

「ああ……。すまん。もう出て行くよ」

と、直木が言うと、

「よろしいんですか？　後は死ぬしかないと思ってらっしゃるんでしょ？」

直木は、正にそう考えていたので、

「どうしてそんなことが分るんだ？」

「分ります。私は特別なバスガイドですから」

「バスガイド？」

言われてみれば、その女性の制服は、バスガイドのそれだった。

「どうして私に声をかけたんだね？」

「あなたを救ってさし上げたくて」

と、そのバスガイドは言った。

「君にそんなことができるのか？」

「ええ。私は死者と話のできるバスガイドですから。〈すずめバス〉の町田藍。ご存じでしょ？」

と、その女は言った。

「――聞いたことはあるようだ」

「どうすればあなたが救われるか、考えてあげましょう」

「そんなことが……。そんな方法があるのか？」

「そうですね……」

と、少しの間考えていたが、「あなたの会社に……梶原という名の社員がいますか？」

「梶原……。ああ、いるな。そいつが……」

「お告げです。その人をクビにしなさい。あなたの会社に悪い空気をもたらしているのは、その人です」

「梶原をクビに……。それで会社が救われると？」

直木はちょっと笑って、「そんなことぐらい簡単だ。しかし——理由はどう言えば？」

「罪を犯しているからです。梶原は、若い純真な女の子を騙《だま》しているのです」

「あいつが？　けしからん！」

「その罪が、あなたの会社にたたっているのです。その罪を取り払えば、会社には再び幸運が巡って来ます……」


「確かに、その女は名のったんだ。〈すずめバス〉の町田藍と」

と、直木は言った。

「それで、本当に梶原さんをクビにしたんですね？」

と、藍は言った。

直木は、藍のベッドのそばの椅子にかけて話していた。

「梶原は面食らっていた。どうしてクビなのかと訊くので、『〈すずめバス〉の町田藍というバスガイドが、〈お告げ〉を聞いたんだ』と言ってやった」

と、直木は言った。「そして本当に、会社は救われたんだ。昔取引きのあった小さな地方の銀行が、うちが危いと知って、連絡して来てくれた。そこの特別な融資を受けて、会社は助かった」

「だからって、藍さんを殺すってどうなんですか！」

と、真由美がにらみつける。

「いや、まさか梶原がそこまでするとは……」

藍は息をついて、

「今はこれぐらいにしておきましょう」

と言った。「私も疲れました」

――直木が帰って行くと、藍は、

「妙な話ね」

と言った。「誰か私を恨んでる人がやったにしても、そんな不自然な……」

「藍さん、もう休んで」

と、真由美が心配して、「ひどい傷を負ったんだから、無理しちゃだめよ」

「ええ……。ありがとう」

と、言って、藍は目を閉じた。

あれ？　何か気になってることがあったんだけど、何だったかしら……。

ええと……どうしてあんなことが……。

でも、その考えがはっきりしない内に、藍は眠りに落ちてしまった……。

「眠ってるか？」

「ええ、ぐっすり……」

「悪運の強い女だな」

「梶原さんをあんな目にあわせて……」

藍のベッドへと、その二人は近付いて来た。

そして、藍の上にかがみ込んで、

「気持良さそうに眠ってるな」

「私、首でもしめてやりたいわ……」

「手をかけるなよ。それは犯罪になる」

「だって……」

二人が低い声でやり合っていると――。

「キャッ！」

と、飛び上りそうになったのは、小国信子だった。

藍が目を開けたのだ。

「――眠ってたんじゃないのか」

と言ったのは、片岡刑事だった。

「どういうことですか？」

と、藍は言った。「梶原さんがどうして拳銃なんか手に入れられたんだろうって、ふしぎだったんです。普通のサラリーマンが」

「それは……」

と、片岡が口ごもる。

「──私が藍さんを起したの」

と、声がした。

真由美が立っていた。

「真由美ちゃん、ごめんね。夜遅くまで」

「そんなこと。──あなた方、何を勘違いしてるの？　藍さんを恨むなんて、とんでもない話だわ」

「子供の知ったことじゃない」

と、片岡が言った。「これは警察の仕事なんだ」

「夜中に、撃たれて重傷の人の所へやって来るのが？」

そこへ、おずおずと入って来たのは──。

「社長！」

と、信子がびっくりして、「どうしてここへ？」

「この子に呼び出されてな。──梶原をクビにしろと言った女は、その人じゃない」

と、直木は言った。

「え？　でも……」

「確かに、町田藍と名のったが、別の女だ。どういうことか、私にも分らん」

「じゃ、梶原さんはどうなるんです？　間違ったじゃ済まないですよ」

「片岡さん」

と、藍が言った。「あなたはどうして私に恨みを持っているんですか？」

片岡は首を振って、

「あんたを恨んでるわけじゃない」

と言った。「ただ——梶原の自供を聞いて、腹が立ったんだ。どうせ社長が愛人のいい加減な話を真に受けて、真面目に勤めてる社員をクビにしたんだろうと」

片岡はそう言った。

「——俺の妹が、勤め先の社長に同じ目にあわされたんだ。理由もなくクビになって、妹は心を病んでしまった」

「ちゃんと事実も確かめないで！」

と、真由美が怒った。「それでも刑事なの！」

「でも……」

と、信子が言った。「それじゃ一体どういうことなんですか？」

「こっちが訊きたいわ」

と、藍は疲れて息をつくと、「もう出て行って下さい。——片岡さん」

「分ってる。梶原にもう一度確かめる。どこで拳銃を手に入れたのか」

「よろしくお願いします。——真由美ちゃん、ありがとう」

信子は片岡に事情を訊かれている内に、一緒になって腹を立て、ついて来たのだった。

「藍さんのこと、他の人のいい加減な話で恨んだりして……。私、悔しい」

と、真由美が涙ぐんでいる。

「ご両親に私が叱られるわ。もう帰ってちょうだい。ね？」

「うん……」

それでも、直木たち三人が引きあげて行ってからしばらく、真由美はベッドのそばの椅子にかけて、じっと藍と手を取り合っていた……。

5　真夜中のツアー

動いちゃだめ。

また出血する。——分っていた。

それでも、じっとしてはいられなかった。

真由美がいたら叱られるだろう。でも——これは私の問題なのだ。

深夜だった。しかし、病院は完全に眠ることがない。夜中でも、点滴の袋を取り換えたり、患者に寝返りを打たせなければならない。

必ず何人かの夜勤の看護師がいるはずだ。

だが、藍は病室の外に、普通でない空気を感じたのだ。

何かがいる。——それは藍を呼んでいる。

声はしなくても、藍には分った。

行かなくては。撃たれて、弾丸を取り出した体で動くのは、下手をすれば命とりだろう。しかし、人を呼ぶわけにも、手助けしてもらうこともできなかった……。

ゆっくりと体を起し、ベッドから足を床へ下ろすと、スリッパをはいて、そっと立ち上る。

痛みが走って、思わず顔をしかめた。

点滴を入れているスタンドを引張って、一歩ずつ、小さく歩き出した。

病室のドアを開け、廊下へ出ると……。

そこは現実の廊下のようで、そうでなかった。暗く閉ざされた廊下の奥に、青白いふしぎな光が見えた。

藍は痛みをこらえながら、その青白い光の方へと歩みを進めた。

休憩用のスペースの辺りが、青白い光に包まれていて、そこに数人の人々が集まっていた。その真中《まんなか》に、バスガイドの制服の女が座っている。

藍が近付くと、そのバスガイドが立ち上った。藍は足を止めて、

「あなたね。〈すずめバス〉の町田藍と名のったのは……」

と言った。

「ええ」

と、その女は肯いた。「いずれ、どうでも良くなることよ」

「あなた方は……」

青白い光の中で、その数人の男女は、血の気の失《う》せた顔をして、ガラス玉のようなうつろな眼で藍を見ていた。

凍りつくような冷気が、藍の体を貫いた。

この人たちは――生きていない！

「あなたにとっては、珍しくないでしょ？」

と、制服の女が言った。「死んだ人間に会うことなんか」

「私に……何の用なんですか？」

藍は何とか背筋を伸し、点滴のスタンドをしっかりとつかんだ。恐れてはいけない、という気がした。

「用なんかじゃないわ」

と、座っている女の一人が言った。「あなたを待ってたのよ」

「私を……」

「あなたは、私たちに近付き過ぎたのよ」

と、制服の女が言った。「私たちは、あの世からの通路でやって来たの。ここから通路へ入れるわ」

「私を呼ぶために、あんなことを？」

「あなたはまだ当分元気そうだったから」

と、制服の女は言った。「でも、私たちは悪霊じゃない。あなたに取りついて殺すなんてできない。だから、あの男があなたを殺すように仕向けたの」

「でも、私は死んでいませんよ」

と、藍は言った。

「死にかけてるわ。今も、そうして立っている間にも、血が流れてる。本当なら、あのバスの中で死んでいるはずだったのに……」

「私を……恨んでるんですか？　私は、あなた方の世界を、時には騒がせたかもしれないけど、敬意を払って来たつもりです」

「分ってるわ。だからこうして呼びに来たんじゃないの」

居並ぶ人々が一斉に肯いた。

「さあ、一緒に行こう」

と、白髪の老人が手を差し伸べた。「怖がることはないよ」

そうなのか？　これが私の寿命ならば……。

苦痛が薄らいでいくような気がした。

私は――良くなるのかしら？

「ねえ、あなたも顔から血の気が失せているわよ。どう？　死ぬのって楽でしょ？　もっともっと楽になるのよ」

ああ……。死のうとしている？　だから痛みも感じなくなって来ているのか。

藍は、自分へ差し伸べられた老人の手へと、一方の手をゆっくり近付けた。

そうなんだ。――何度もくり返し幽霊たちと出会う内、私はあの人たちの仲間になっていたのかもしれない。

自分で気付かない内に、少しずつ「死んでいた」のかも……。

ここで一歩踏み出せば、この人たちの仲間になれる。

視界が少しぼんやりとして来た。同時に、頭もボーッとかすんでいるようで、半ば眠っているかのよう……。

「さあ、町田藍さん」

と、制服の女が微笑《ほほえ》んで、「歓迎するわ」

と、両手を広げた。

そのとき、

「藍さん！」

という叫び声が、闇を貫いて響いた。

「――真由美ちゃん？」

「何してるの！　死んじゃうよ、そんなことして！」

廊下が明るくなった。青白い光はスッと消えて、人々の姿も見えなくなった。

「真由美ちゃん……」

藍は痛みに体を折って、「誰か……呼んで……」

「うん！　看護師さん！　誰か来て！」

真由美が大声で呼ぶと、ナースステーションから看護師が二人飛んで来た。

「まあ！　どうしたんですか！　そんなところで！」

看護師が二人で両側から藍を支えて、病室へと連れ戻した。

藍をベッドへ入れると、

「当直の先生をすぐ！」

「はい！」

一人が駆け出して行く。

「藍さん……」

真由美がベッドから少し離れて見守っている。「お願い。——死なないで」

その声は、藍の耳に遠いこだまのように届いて来た……。

ガラス越しに、冬の日射しが暖かかった。

車椅子に座って日向《ひなた》ぼっこをしている藍は、半ば眠っているような気分だった。

それでも、近付いてくる足音に気付いていて、

「——刑事さん？」

と言った。

「よくお分りですね」

と、片岡刑事が目を見開いて、「後ろに目がついてるんですか？」

藍はちょっと笑って、

「ガラスに映ってたんです、あなたが」

「そうですか！　いや、あなたの超能力かと思いました」

と、片岡はホッとしたように、「どうですか具合は？」

「何とか生き永らえました。しばらくは、ここでのんびり休みますわ」

「それは良かった。——お詫《わ》びしなければ。あなたのことを誤解していて」

「いいんです、もう」

「梶原も、後悔しています。梶原に拳銃を渡したのは、見たことのない女だったそうです。捜そうにも手掛りがなくて」

「そうですか、たぶん、見付けるのは難しいでしょうね」

片岡は、言いわけめいたことを少ししゃべって、帰って行った。

——外は冷たい風が吹いているのだろうが、ガラスの内側はポカポカと暖かく、藍はついウトウトしていた。

「——眠ってる？」

聞き慣れた声で目を開けると、

「また学校サボったんじゃないの？」

と、真由美に言った。

「違うよ！　今、期末テストなの。だから帰りが早い。でも、今日でテスト、終ったのよ」

「道理で活《い》き活《い》きしてるわね」

と、藍は微笑んだ。

「今日はお客さんを連れて来た」

「誰のこと？」

答えを待つまでもなく、〈すずめバス〉の面々――ドライバーの君原、飛田《とびた》に、ガイド仲間の二人、常田エミと山名良子が揃《そろ》ってやって来るのが目に入った。

「まあ、わざわざ……」

と、藍は言って、「でも――今日はツアーがないってことね？」

「そうなのよ！」

と、山名良子が言った。「やっぱり〈幽霊と話のできるバスガイド〉がいないと、〈すずめバス〉はやってけない」

「早く復帰してね！」

と、常田エミがお菓子の包みを渡して、「これ、有名などら焼。行列しないと買えないのよ」

「行列に並んだのは僕だぜ」

と、君原が言ったので、みんなが笑った。

「ありがとう。順調に治ってるって言われてるわ。私も早く仕事に戻りたい」

とは言ったものの、藍はこれから〈死〉や〈霊〉と係り合っていってもいいのだろうかと悩んでいた。

いつの間にか、自分の中に、〈死〉への憧れの気持が生まれていなかったか。

「――藍さん」

と、真由美が言った。「他にもいるのよ、お見舞の人が」

「え？　じゃ……社長？」

「違うわよ！　社長さんは藍さんに会うのが怖いって」

「まあ、失礼な」

「そうじゃないの、ちょっと待っててね」

真由美が小走りにエレベーターの方へ駆けて行くと……。

「——まあ」

藍は啞然とした。

〈すずめバス〉の藍のツアーにいつも参加してくれる客たちが、十人以上もゾロゾロと真由美に連れられてやって来たのである。

「皆さん……。こんな所にまで……」

「藍さんを励まそうってことになってね」

「そうそう！　〈すずめバス〉の名物ツアーの予定がないと寂しいんだ」

手に手に花束やチョコレートの小箱などを持っていて、それを次々に藍の膝の上に置くと、

「早く戻って来てくれよ！」

「ちょっと！　ちゃんと治るまで休んでもらわないと」

「ああ、そりゃそうだが」

と、やり合っている。

藍は目頭が熱くなって、

「毎度ごひいきに」

と言った。「生きられる間は生きて、自分の役割を果します。本当に……」

あの死者たちには、まだしばらく待ってもらおう。

いずれ、いつかは彼らの所へ行かなくてはならないのだ。それを分って、生きて行くこと……。

「社長からメールが来たわ」

と、エミがケータイを取り出して、「『町田君に伝えてくれ。復帰最初のツアーは、〈死から生還したバスガイド、町田藍に訊く、あの世はこんな所だった!〉で、どうだろう』ですって!」

藍は腹を立てるより笑ってしまった。

「社長に伝えて」

と、藍は言った。「この次死にかけたら、社長もぜひご一緒にどうぞ、って」

解　説

齋藤明里

私には全くと言っていいほど霊感が無い。霊感が無いなら怖がらなくてもいいはずなのに、霊感が無いからこそ怖がりになってしまった。いわゆるおばけに関して、何も「わからないこと」がとにかく怖いのだ。見えない、聞こえない、でも、そこにいるかもしれない。もしかしたら目の前に佇《たたず》んでいるかも……。どんどん恐ろしいイメージが膨れあがる。

だからこそ、霊感を持つ人に憧れる。見えないものが見える。聞こえない声が聞こえる。きっと私には感じられない世界がわかるのだろう。そういう話を耳にすると、怖がりのくせにちょっぴり寂しくなる。私も、幽霊たちのいる世界を少しだけ覗《のぞ》き見《み》してみたい。

〈すずめバス〉シリーズは霊感を持ったバスガイド、町田藍が怪奇現象の謎に迫る赤川次郎氏の人気シリーズだ。本シリーズが二十年以上愛され続けているのは、私と同じように、霊感を持つ藍に憧れるファンが今もなお増えているからだろう。藍の見ている世界を、みんな追体験したいのだ。

主人公の藍は、小さなバス会社すずめバスの〈幽霊と出会うツアー〉名物ガイド。持ち前の霊感を武器に、幽霊と出会える特別なバスツアーを開催し、多くの人を虜《とりこ》にしている。そんな彼女の魅力はなんと言っても、お客様を満足させるために、どんな状況でも明るく楽しくガイドする姿だろう。また、お客様の依頼に、バスガイドとして完璧に対応する様には、プロとしての矜持《きょうじ》を感じる。その上、ツアー参加者だけでなく、ツアーで遭遇した霊にも、分け隔てなく対応するチャーミングさも兼ね備えている。作中でも、藍がツアーをする度にファンがどんどん増えていくが、このシリーズを読めば誰しもが藍のファンになること間違いなしだ。

今回文庫化された十一作目『夜ごとの才女　怪異名所巡り11』は、藍が死者からのメッセージを受け取る第一話、第二話、不思議な怪異と直面しながらも生者に手を差し伸べる第三話、第四話、第五話、そして、自身の霊感と向き合う第六話と続く。〝怪異名所巡り〟のタイトル通り、バラエティに富んだ内容だ。

第一話『あの夜は帰ってこない』では、藍は三十年ほど前に起きた立てこもり事件の現場へバスツアーをすることになる。ツアー参加者たちは、当時の事件に巻き込まれた人々。被害者を弔いたいという彼らとともに現場に向かった藍は、そこにカレーの香りが漂っていることに気がつく。それは、事件発生直前、被害者の女性が振る舞っていたカレーを思わせる香りだったのだ……。続く第二話『劇場の幽霊』で描かれるのは、ある劇場で起きた怪異。主演俳優が倒れ公演中止となった舞台を観劇していた藍は、その舞台に怪異が起きていたことを知る。昔、劇場で自殺した俳優がよく吹いていた口笛とそっくりなメロディーが舞台上に響き渡っていたようなのだ。しかし、その怪異には、ある人の思惑が隠されていた……というあらすじだ。

第一話、第二話でともに描かれるのは、死者からの声だ。言葉ではない手段で生者にコンタクトを図ろうとする彼らを、藍は優しく受け止める。その優しさは、今まで多くの怪異と向き合ってきたからこそ培われたものだろう。

「死んだ人と会話することで、誰よりも生きることの価値を分ってる」

と評される藍は、霊感が強いからこそ、死者への思いやりも、生者への愛情も、人一倍持ち合わせている。彼女を通して、生きている私たちと亡くなってしまった方との関わりを考えさせられる二編だ。

第三話『簡潔な人生』では、また違った怪異が登場する。官房長官の部下として激務をこなす中本は、息子の授業参観中に「簡潔にお願いします！」と叫んでしまう。記者会見の質疑で記者への妨害のために大声で言っていた言葉を、息子に向かって叫んでしまったのだ。その動画がＳＮＳ上で大炎上。息子はいじめられ、妻からも距離をとられてしまう。批判に耐えきれなくなった彼は、すずめバスのツアー中にひっそりと飛び降り自殺することを計画した。

藍はそんな彼の想《おも》いに気付きながら解決策をさぐる。世間から大バッシングを受けている人であっても、自分のツアー参加者となれば、優しく手を差し伸べるのが彼女だ。どれだけ人生に絶望しても、心の奥底では生きたいと願う人間の輝きが、最後にある奇跡を生み出す。

藍のバスガイドとしてのプロ意識が感じられるのは、第四話『悪魔は二度微笑《ほほえ》む』だ。刑事の万田から藍に来た依頼は、逮捕された殺人犯の護送。万田は、犯人逮捕の際に、部下が自らのこめかみに銃弾を撃ち込み死んだ真相が知りたかったのだ。しかし、藍たちすずめバスの面々が犯人を護送しようとすると、刑事の一人が倒れたり、先導するパトカーが車に激突されたりと、呪いのような出来事が次々に起きる。そこで藍は〈幽霊と出会うツアー〉に必ず参加する熱心なファンたちを護送に参加させ、それすらも特別なバスツアーにしてしまう。殺人犯の不思議な力に対抗する藍と、そんな事件にも恐れ知らずな藍のファンたちの熱意がコミカルに描かれている。

藍は、自分のことを、

「霊媒じゃありません。ただ、他の人より少し霊感が強いだけ」

と言う。確かに、彼女は呪文を唱えてイタコのように死者の魂を呼び寄せているわけでも、除霊しようとするわけでもない。彼女にとって一番大切なことは、いつだってバスガイドとしてお客様を楽しませ、要望に応えることなのだ。そのためなら、殺人犯を乗せたバスだって楽しいツアーに変えてしまう、藍のバスガイドとしての覚悟が見られる。

今回の表題作である第五話『夜ごとの才女』では、不思議な夢が物語の鍵となる。映画の撮影現場で共演中の武井と河田エミリは、ともに〝誰か〟を殺す夢に毎晩苦しめられていた。二人から恐ろしい夢の相談を受けた藍は、悪い予感を振り払うべく撮影現場へと向かう……。

ここで描かれるのは人が他者を想うことの重さだ。人を愛するとき、真《ま》っ直《す》ぐに愛せることばかりではない。相手が思い通りにならず、苛立《いらだ》つこともある。愛情が歪《ゆが》み、相手を傷付けることだってあるだろう。自分の中の感情が思いもよらぬ形に膨れ上がってしまうからだ。〝許されざる関係〟に憧れる中で生まれた愛が、どう人を狂わせてしまうのか。ラストの怪異の恐ろしさもさることながら、狂気的な人の想いにゾッとする一編だ。

第六話『命ある限り』には衝撃を受けた。死者の世界に近づきすぎた藍は、シリーズ最大のピンチに陥ってしまう。やはり、霊感のない私たちよりも、藍は、此岸《しがん》と彼岸の境界線の近くにいるのだろう。あの世の住人たちからすると、死者の世界に敬意を持って接している藍は、誰にも気付いてもらえない言葉を受け取ってくれる特別な存在に思えるのかもしれない。霊感が強いことで、まさか幽霊たちから呼び寄せられてしまうだなんて、とても恐ろしい。

しかし、この第六話でとても印象的なのが、

「生きられる間は生きて、自分の役割を果します」

という藍の台詞《せりふ》だ。人生にはいつか終わりが来る。だから、生きていられる間にしっかりと人生を全《まっと》うすること。そして、持って生まれた力を活《い》かして、自分の役割を果たすこと。それこそこの作品に込められたメッセージだと感じた。

本作に出てくる幽霊は、誰しもが姿を見せずに、カレーの香り、口笛、バスの照明の点滅など、現象として象徴的に現れる。彼らが伝えたい気持ちを、藍たちは想像するしかない。遺《のこ》された人々は、亡くなった人を想起させるヒントから想いを汲《く》みとることしかできないのだ。

みんな、死者との対話なんてできない。人より少し霊感が強い藍だって、霊から直接的にコンタクトを受けた第六話だけは特別に会話できたようだが、普段は対峙《たいじ》してもほとんど会話できていない。あちらの世界からのコンタクトを感じ取っているだけだ。しかし、言葉として理解できなくとも、亡くなった彼らから想いを受け取ることはできる。それを〈すずめバス〉シリーズの登場人物たちは教えてくれているのだ。

私たちが生きる世界でも、もしかしたら、あの世の住人たちが、何かを伝えようとし

ているのかもしれないと思える出来事に遭遇するときがある。電灯が急に明滅したり、誰も触っていないのに物が動いたり……そんな怪異に出会ってしまったとき、霊感がない私たちはどうすればよいのだろうか。ただ、恐怖で見なかったふりをするのか。いや、霊と通じ合える力がなくとも、死者を想い、彼らの気持ちに寄り添うことはできる。私たちも、心を寄せれば、彼らを受け止められるのだ。そして、死者の世界にいる彼らに想いを馳《は》せる行為そのものが、弔いとなるのだろう。

（さいとう・あかり　女優／読書系Ｙｏｕｔｕｂｅ「ほんタメ」ＭＣ）

この作品は二〇二一年八月、集英社より刊行されました。

初出誌　小説すばる
あの夜は帰ってこない　二〇一九年七月号、八月号
劇場の幽霊　二〇一九年十一月号、十二月号
簡潔な人生　二〇二〇年三月号、四月号
悪魔は二度微笑む　二〇二〇年七月号、八月号
夜ごとの才女　二〇二〇年十一月号、十二月号
命ある限り　二〇二一年三月号、四月号

赤川次郎の本

東京零年

不自然な死亡事件を追う若者の前に公権力の壁が立ち塞がる。暴走する権力に、抗え。渾身の社会派サスペンス。吉川英治文学賞受賞作。

集英社文庫

集英社文庫

夜《よ》ごとの才女《さいじょ》 怪異名所巡《かいいめいしょめぐ》り11

2024年6月25日　第1刷　　定価はカバーに表示してあります。

著　者　赤川次郎《あかがわじろう》

発行者　樋口尚也

発行所　株式会社 集英社
東京都千代田区一ツ橋2-5-10　〒101-8050
電話　【編集部】03-3230-6095
【読者係】03-3230-6080
【販売部】03-3230-6393(書店専用)

印　刷　TOPPAN株式会社

製　本　TOPPAN株式会社

フォーマットデザイン　アリヤマデザインストア　　マークデザイン　居山浩二

ISBN978-4-08-744665-4 C0193